Unless Recalled Earlier
DATE DUE

DEMCO, INC. 38-2931

LA NOVELA DEL TRANVÍA Y OTROS CUENTOS

TEZONTLE

MANUEL GUTIÉRREZ NÁJERA

La novela del tranvía

y otros cuentos

Primera edición (Lecturas Mexicanas), 1984
Segunda edición (Tezontle), 1996

```
PQ
7297
.G8
A6
1996
```

D. R. © 1984, Fondo de Cultura Económica
D. R. © 1996, Fondo de Cultura Económica
Carretera Picacho-Ajusco 227; 14200 México, D. F.

ISBN 968-16-5097-2 (segunda edición)
ISBN 968-16-1724-X (primera edición)

Impreso en México

UN QUID PRO QUO[1]

—¿Conque ya de vuelta, Clara?
—Sí, amigo mío.
—Se habrá Ud. divertido mucho.
—Muchísimo.
—¿Qué tal la hacienda?
—Como siempre.
—Yo no he salido de México.
—Mucho calor ¿verdad?
—Y mucho hastío. ¿El esposo ha salido?
—Creo que sí.
—Supongo que no se habrá separado de Ud. un momento... ¡ama a Ud. tanto!
—Es verdad que no se parece a todos los maridos; pero con todo hemos vivido separados más de un mes.
—¿Cómo es eso?
—A mediados de agosto vino a tratar de un asunto de importancia.
—¿Sí? ¡Pero Ud. le habrá perdonado!
—Tengo confianza en él...
—¿Y aquella alhaja que tenía, aquel famoso ayuda de cámara, que en su concepto era el *non plus ultra* de los "Leporellos"[2] modernos?
—¿Martín?
—El mismo.

---

[1] Se publicó cinco veces, por lo menos, en periódicos de México: en *El Federalista* del 23 de septiembre de 1877, con el título de *Indiscreciones (Un quid pro quo)* y firmado "Manuel Gutiérrez Nájera"; en *El Republicano* del 14 de marzo de 1880, como parte de un artículo titulado *Bric-à-Brac (Indiscreción dominguera);* pero sin título propio y firmado "Mr. Can-Can"; en *El Nacional* del 24 de marzo de 1881, con el título de *Indiscreciones* y firmado "Frú-Frú"; en *El Cronista de México* del 13 de agosto de 1881, con el título de *Crónica Escandalosa* y firmado "Pomponet", y en *La Libertad*, 13 de abril de 1884, con el título de *Indiscreciones* y firmado "El Duque Job".

Todas las versiones, excepto la de 1881, son punto menos que idénticas; ésta se diferencia de las demás en que omite el último párrafo y ofrece algunas particularidades de fraseología. Publicamos la última de las cinco: la de 1884.

Que sepamos, este cuento no ha sido recogido hasta ahora.

[2] Leporello, el cobarde ayuda de Cámara en la ópera *Don Giovanni*, de Mozart.

—¡Ay amigo! ¡qué chasco nos llevamos con él! Ha tenido que despedirle.

—¿A él, al fénix de los ayudas de cámara?

—Él y la cocinera se quedaron custodiando la casa durante nuestra ausencia, y aquí donde nos ve Ud., el día que llegamos tuvimos que esperar dos o tres horas en casa de un vecino, porque con el deseo de sorprenderlos no les avisamos y los dos se habían ido, no sé si en amor, pero sí en compañía, a no sé qué baile del infierno.

—¿Pero la casa?

—Estaba cerrada.

—¿Es decir que los cogieron Uds. *in fraganti?*

—No es lo peor, sino que Martín se había adornado con uno de los mejores "fracs" de mi esposo, y la cocinera con uno de los trajes que me hizo Hortensia el invierno pasado.

—Doble delito.

—Con circunstancias agravantes, porque para adquirir esas prendas habían tenido que forzar las cerraduras de dos armarios.

—¿Y Uds. los despedirían?

—Aquella misma noche no, por no quedarnos solos con la doncella que me acompañaba; pero al día siguiente... ¡oh! Carlos tuvo un disgusto grande.

—Lo creo.

—Unos criados en los que habíamos depositado toda nuestra confianza...

—Calle Ud., señora, el ramo de sirvientes...

—Sí, es un ramo que siempre está en otoño.

—Ellos, según la expresión de Espronceda, son como las ilusiones, hojas caídas.

—Con la diferencia de que nosotros somos su juguete.

—Señora —interrumpe en esto la doncella—, ahí está una anciana que desea hablar con el señor.

—Ya le habrá Ud. dicho que no está en casa.

—Sí, señora, pero me ha dicho que desea hablar con Ud.

—¿Le ha dado a Ud. tarjeta?

—No, señora.

—¿Ha dicho su nombre?

—Tampoco.

—En ese caso, ¿por qué nos interrumpe Ud.?

—Ha indicado con insistencia que desea hacer a Ud. una revelación.

—Bien está: que espere en la antesala... dígale Ud. que en este instante estoy muy ocupada.

La doncella se va.

—¿Quieren hacer a Ud. una revelación? Eso parece un capítulo de novela.

—¡Estoy ya tan acostumbrada a esas escenas en que todo se resuelve con un doblón o un billete de banco!

—No siempre tienen ese desenlace.

—Sí, generalmente.

—¿Conque su esposo de Ud. ha estado un mes ausente?

—Es Ud. malicioso, si los hay.

—¿Yo, señora?

—¿Luego dicen Uds. que las mujeres somos mal intencionadas?

—Dios me libre de profesar ese principio... pero la dejo porque estará Ud. impaciente. Sobre todo, Clara, mucha serenidad. Adiós.

Un minuto después, apoya Clara su índice sonrosado en el botón de marfil de una campanilla eléctrica y se presenta la doncella.

—Que pase esa señora.

Es el tipo de una de esas señoras que se emperejilan y componen por Corpus y Jueves Santo, y que pasean todas las tardes acompañadas de una o dos jóvenes de no mal palmito, vestidas con humildes trajes de percal.

—¿Qué se le ofrece a Ud., señora? —pregunta Clara.

—¿Conoce Ud. esta tarjeta? —dice la anciana con acento breve y seco.

—Es de mi marido.

—¿Conoce Ud. este pañuelo?

—Tiene las iniciales de mi esposo: pero, ¿qué significa...?

—¿Conoce Ud. esta petaca?

—Sí, por cierto, es un regalo que le hice a mi esposo el día de su cumpleaños; pero sírvase Ud. aclarar este enigma...

—Este enigma significa que su esposo de Ud. es un mal caballero.

—¿Cómo se entiende? ¡Señora!

—No me retracto; es un mal caballero.

—Poco a poco...

—Me explicaré, y cuando Ud. sepa todo lo que ha pasado será de mi opinión. En primer lugar, diré a Ud. que yo ignoraba que fuera casado; pero, al preguntar por él, me ha dicho la criada que estaba la señora, y quise ver a Ud. para poder decirle lo que he dicho.

—Pero, explíquese Ud.

—¡Ay, señora! No sé si tendré fuerzas bastantes. Es una picardía lo que ha hecho con nosotras.

—¿Mi esposo? Hable Ud., mujer de Dios, hable Ud.

—Pues como iba diciendo, a mediados de agosto salimos una noche mi hija y yo... mi Paulina, que es una bendita y bastante agraciada, mejorando lo presente.

—Prosiga Ud.

—A mediados de agosto... salimos, como digo, a tomar el fresco, y nos sentamos en una de las bancas de la plaza. Yo no llevaba dinero suelto; y luego, que los bancos son muy cómodos...

—Bien.

—Pasó que mi hija tuvo sed, y como yo no llevaba suelto, lo oyó un caballero que estaba sentado en un banco cerca de nosotras, y se empeñó en que Paulina tomase un vaso de nieve.

—Y ¿después de la nieve?

—Entró en conversación con nosotras, y le dijo que era muy guapa.

—Con lo cual se ruborizó la joven y el caballero pidió a Ud. permiso para acompañarlas...

—Justamente, y nos pareció una persona muy fina.

—Demasiado fina tal vez —exclamó Clara desgarrando el pañuelo de encaje que tenía en la mano—. Acabemos de una vez, señora.

—El caballero nos entregó al despedirse esta tarjeta; al día siguiente fue a visitarnos, y como tenía inclinación a la niña y le creíamos soltero, la niña despidió a un novio que tenía y que estudiaba para maestro de escuela...

—¿Y soñó casarse con mi esposo?

—Nada tendría de extraordinario, otras con menos... En fin, a los diez días de conocernos, regaló a mi hija un pañuelo con sus iniciales; a los quince...

—Basta, señora, basta.

—A los veinticinco se dejó olvidada la petaca, y a los treinta desapareció.

—¡Para irme a buscar! ¡Eso es horrible!

—¡Ud. no sabe hasta qué punto es horrible!

—¡Todo me lo figuro!

—Sí, pero...

—Señorita, el señor —dice la doncella entrando precipitadamente y volviendo a marcharse.
—¿Carlos? ¡Me alegro! ¡Voy a confundirle, a anonadarle! Entre Ud. en ese cuarto, señora.
—¿Yo?
—Sí, en seguida.
—Pero...
—Nada, nada; ya la llamaré a Ud. a su tiempo.
Carlos entra al gabinete tarareando un aire de *Traviata*.
—Esposa mía —dice acercándose a su cara mitad.
—Caballero, yo no soy esposa de Ud.
—¿De cuándo acá?
—¿Conoce Ud. esta tarjeta?
—Es mía.
—¿Y este pañuelo?
—Es mío.
—¿Y esta petaca?
—La que me regalaste el día de mi cumpleaños: por cierto que se me había perdido y celebro en el alma que vuelva a mi poder.
—¿Conque se le había perdido a Ud.?
—Sí, mujer: pero ¿quieres decirme qué significa todo esto?
—Significa que es Ud. un mal caballero.
—¿Yo? ¿Estás en tu juicio?
—Que frecuentas en la noche los paseos en ausencia de tu esposa.
—¿Yo?
—Ud., sí; y paga Ud. un vaso de nieve... ¿lo oye Ud.? un vaso de nieve... ¡a una joven honrada!
—¡Qué disparates!
—Y va Ud. a su casa, y le da su tarjeta y le regala Ud. su pañuelo, y a los quince días se deja Ud. olvidada en su casa la petaca...
—¿Hablas de veras?
—Es Ud. un seductor, un mal marido, un... ¡y yo que tenía depositada en Ud. mi confianza! ¡yo que incurría en el mal gusto de amarle! ¡Ay! ¡me va a dar algo! ¡Mañana mismo me acompañará Ud. a la casa de mis padres!
—Pero mujer, no te acalores... si yo...
—Ud. es un infame.
—¡Si lo que has dicho es falso!

—¿Se atreve Ud. a negar un crimen después de haber visto las pruebas?

—¡Pruebas! ¡Unas tarjetas y un pañuelo que han podido sustraerme y una petaca que he podido perder!

—¡Aún me queda otra prueba más fehaciente; ésa sí que no tiene réplica!

—¿Y dónde está esa prueba?

—En ese cuarto. Salga Ud., señora, salga Ud., y confunda al culpable.

La mamá de la niña se presenta sorprendida.

—Caballero, beso a Ud. la mano —dice saludando a Carlos.

—A los pies de Ud., señora.

—¿Cómo? ¿qué? ¿no confunde Ud. a mi marido?

—Señora, este caballero no es su esposo de Ud.

—¿Cómo?

—Digo...

—¿Será posible? ¿Conque tú...? ¿Conque Ud....?

—¿Te convences, mujer?

—¿No conocía Ud. a este caballero?

—No, señora, esta es la primera ocasión que tengo el gusto de verle.

—¿Lo estás viendo?

—Pues entonces...

La campanilla suena; el "portier" se corre, y Martín, el ayuda de cámara de Carlos, entra con semblante compungido.

—Señor, vengo por mi cuenta.

—¡Pícaro! —exclama la ofendida madre.

—¡Doña Robustiana!

—El...

—Pies ¿para qué os quiero?

—Que se me escapa...

—¡Vaya un chasco! y cómo corre la buena anciana tras el pajarraco aquel que se le escapa.

—¿Ves cómo eran fútiles tus celos?

Lector, caballero, señor mío: ¿oyó Ud. el pasado chascarrillo? ¿Duda Ud. de su verdad? No salgo yo garante de ella porque no es de mi cosecha. Así me lo refirió un amigo de excelente humor, mientras tomábamos sendas tazas de café. Yo de mí sé decir que desde entonces he pensado no salir de casa sin cerrar con siete llaves mis armarios. Precaución justa, ¿verdad?

Imite Ud. mi ejemplo.

MI INGLÉS[1]

MILORD Pembroke,[2] mi amigo, es, a pesar de su flema inglesa y sus cuarenta navidades, un *gentleman* legítimo. Alto y robusto como un Milón de Crotona[3] fundido en bronce de Inglaterra, impasible y severo como la estatua del remordimiento, pudiera a las mil maravillas colocarse en un museo de antigüedades egipcias, a no ser por los mechones rubios que interrumpen la tersura de su brillante calva, digna de un dramaturgo francés del año treinta.[4] Milord Pembroke es rico: dos milloncejos, bien saneados, forman su fortuna, y a fe que con sus rentas sabe darse Milord vida de príncipe. Un día el flemático inglés sintió los primeros asomos del *spleen;* cansóse de la rígida Albión y de sus costumbres invariables; vio feo y monótono aquel cielo eternamente envuelto por las nieblas y aun más ennegrecido todavía por el hollín y el humo de las fábricas; ya no quiso cruzar en su caballo árabe, admiración del *Jockey Club,* las avenidas; dormía como un lirón en su palco de teatro, sin que le conmoviesen las florituras de la Patti; las inglesas acartonadas y frías, de omóplatos salientes y huesosas manos, no le arrancaban ya ni la más vulgar galantería; y hastiado, en suma, de Londres y de los ingleses, de su palacio y de sus caballos, lió sus maletas; como buen inglés no dijo ni una frase de despedida a sus amigos íntimos, y sin otro compañero que su ayuda de cámara, ya viejo, y un soberbio perro de Noruega, calzó las botas de camino, cubrió su tersa calva con una montera de viaje, y llevando al lado un tarro de riquísimo *cognac,* favorecido por la niebla de una mañana fría y lluviosa, embaulóse en su cómodo *mail coach,*[5] arropó sus gi-

---

[1] Se publicó cuatro veces en la prensa mexicana: en *El Federalista,* 30 de septiembre de 1877, titulado *Cosas del Mundo* y firmado "Manuel Gutiérrez Nájera"; en la *Voz de España,* 5 de octubre de 1879, *Mi inglés* y "M. Gutiérrez Nájera"; en *El Cronista de México,* 18 de diciembre de 1880, *Memorias de un vago* y "M. Can-Can"; y en *El Nacional Literario* de 1882, *Mi inglés* y "M. Gutiérrez Nájera". Las dos primeras versiones son casi idénticas: en la última, que es la que publicamos, se notan algunas alteraciones y omisiones. No tenemos noticia de que se haya recogido hasta ahora.
[2] Ortografía normal inglesa. Nájera escribe *Peimbroke.*
[3] Atleta legendario griego del siglo VI a. de C.
[4] Las primeras obras maestras del teatro francés del siglo XVII se escribieron cerca de 1630.
[5] Diligencia. Nájera escribe *meil-coch,* por error.

gantescos pies con las pieles más ricas y exquisitas, puso en sus manos los guantes de nutria indispensables, encendió su habano suculento, y dando al conductor la hora de marcha, silbó el látigo, sacudieron los caballos sus opulentas crines, y el coche partió a todo correr por la avenida.

Comienzan aquí las aventuras del *touriste* y extravagante inglés. Algunas me ha referido *sotto voce*,[6] mientras el té humeaba en tazas de trasparente porcelana. En París se enamoró de una discípula de la Taglioni.[7] En Alemania estuvo a punto de batirse por sostener la prioridad del vino sobre la cerveza. En Italia iba a ser víctima de una *vendetta*[8] corsa. Cayó en las redes de un marido celoso en Portugal. En la India se salvó por accidente de las garras de un tigre que le había atrapado en cierta cacería, y en China estuvo a punto de casarse con una viuda malabar, renuente a morir en la hoguera por su esposo.

Todos estos azares, sin embargo, no alteraron en nada la envidiable calma de Milord. Con frescura igual refiere su lucha en el desierto con un tigre, y sus paseos nocturnos en Hyde Park. Cualquiera diría que el excéntrico Pembroke es un hombre formado de granito. Decidle: tu mujer te engaña, tu amigo te vende, tu apoderado te arruina, tu casa se incendia, tu fortuna se pierde, y él dirá, torciendo un cigarrillo: —Bueno. Eso sí, al siguiente día la esposa estará emparedada, cuando menos; el amigo muerto, el administrador encarcelado, y Milord Pembroke tendido entre dos cirios con un revólver en la mano y un plomo en el pecho.

La primera vez que conocí al típico inglés, fue, si mal no recuerdo, en un corrillo en que se hablaba cierta noche de un asunto de crónica escandalosa. Una dama de alto coturno había traicionado vilmente a su marido, y éste, en un momento de ira, habíala herido, disparándole a quemarropa un tiro.

Defendían algunos al marido, y yo, por sostener lo contrario, afirmaba que el burlado esposo era un criminal infame merecedor por lo menos, del grillete: Milord era el único que no había expresado su juicio en este asunto.

—¿Qué opina Ud.? —le dijo alguno.

—¿Yo? Creo, como el señor, que el marido es un mandria.

—Eso es —dije al momento—. Ud. da así una prueba de su ilustración y de su criterio. ¡Herir a una mujer indefensa! ¿Puede

[6] (Italiano) En voz baja.
[7] Bailarina sueco-italiana (1804-1884).
[8] Enemistad entre familias o grupos.

darse mayor crimen? ¡Oh! Ud. sí que es humanitario y grande y noble.

—Es que yo hubiera descuartizado al amante, a vista de la esposa, y después hubiera sacado a ésta los ojos en presencia de sus hijos.

Fácil es comprender lo estupefacto que me dejaría la tal respuesta. Tomé mi sombrero, y sin decir oste ni moste, huí a todo correr de aquel Nerón en traje de banquero.

Hubimos de hallarnos otra vez en un convite Milord Pembroke y mi humildísima persona. Hablóme largamente de sus viajes, me refirió del pe al pa sus aventuras, y estrechando poco a poco nuestras relaciones, llegó a ofrecerme con inglesa cortesía su casa. Yo sabía que Milord poseía una soberbia casa de recreo, amueblada con lujo sibarita; algunos caballos árabes, capaces de matar de envidia al fakir más opulento de Hyderabad; una jauría de perros que Alfonso Karr[9] habría mirado con deleite, y una mujer, andaluza por más señas, cuya belleza soberana traía sin querer a la memoria las hadas de los cuentos orientales.

Tengo para mí que esta última presea fue la que más fuertemente me impulsó a aceptar el amistoso convite de Pembroke. Ello es que en cierta mañana de noviembre oí detenerse una carroza a las puertas de mi casa; después pasos desconocidos para mí, en las escaleras; y por último, el consabido repique de la campanilla. Abrí la puerta de mi gabinete, salí, y lo primero que me encontré fueron las clásicas patillas de Pembroke. Hícele entrar, se arrellanó cómodamente en un sillón, y sin otro preámbulo, me dijo:

—Vengo por Ud.

—Milord, Ud. me honra demasiado y yo se lo agradezco; pero sin previo aviso de esta invitación, había arreglado mis asuntos de otro modo.

—Nada importa.

—Es que ni vestido estoy todavía.

—Vístase Ud.; le aguardo.

—Pero...

—No admito excusas.

Sin quererlo, pasóme por el magín la idea de las ferocidades de aquel hombre, temí enojarle; doblé obedientemente la cabeza; en un quítame allá esas pajas me puse el consabido traje de visita, arrojé la última gota de cananga[10] en el pañuelo, y más ligero

[9] Autor francés (1808-1890).
[10] Planta olorosa de Thailand, que se utiliza en perfumería.

que el aire, subí con Milord a la carroza, tiraron los caballos, atravesamos como relámpago las calles, y llegamos por fin a la casa de recreo de aquel excéntrico.

No habían exagerado, por mi vida, los que describían con colores robados a la paleta veneciana aquella casa situada en uno de los barrios más pintorescos de la ciudad. Yo de mí sé decir que hubo de causarme positiva envidia la extraña posesión de aquel mi extraño amigo.

Figuraos un vestíbulo amplio y bien dispuesto, con pavimento de exquisitos mármoles, y en cuyo centro derramaba perlas cristalinas un grifo colocado en una fuentecilla de alabastro. Pasad por alto los frescos y pinturas que adornan las paredes, y sin deteneros a examinar aquellas cornisas caladas con primor y gusto, entrad por esa calle de palmas acuáticas cuyas copas figuran gigantescos abanicos, al jardín en cuyo centro se alza el pabellón de las habitaciones. Convenid conmigo en que este *parterre* lindísimo es el summum de la belleza y la elegancia. Nada hay, ni el más pequeño detalle, que no revele la opulencia y el gusto de Pembroke. En aquel jardín se han reunido, por un esfuerzo poderoso del dinero, los árboles y plantas de más extraños climas y más remotas tierras. El cedro del Líbano y el cactus de la India se entrelazan y juntan a los perfumados bosquecillos de naranjos. El floripondio de alabastro y el nenúfar de flexible tallo crecen al lado de la camelia aristocrática y del plebeyo nardo. Las plantas más exóticas, más raras, más extrañas, vense amontonadas por un poder incontrastable: la riqueza.

Pasamos por fin a las habitaciones: dejando atrás un corredor que se abría sobre el jardín, sombreado por una hilera de orgullosos olmos, entramos a un pequeño gabinete que servía de salón de espera, y cuyos tapices, de un violeta obscuro, hacían resaltar más el valioso mueblaje de madera china, enteramente blanca. Parecía aquel saloncillo hecho a propósito para pasar en él las noches de estío. Los asientos de sillas y sillones estaban forrados de finísimo bejuco, y un surtidor de cristal, colgado sobre una mesa de irreparable mármol, lanzaba en espiral ondulante cascadas cristalinas que venían a caer después sobre la taza. Colgaban de las paredes algunos grabados representando escenas y paisajes suizos, y una lámpara de bomba deslustrada, pendiente del artesonado, debía iluminar con voluptuosa luz aquel recinto, que yo miraba a la espléndida luz del mediodía. Dos ventanas con vista al jardín, cubiertas en parte por ligeras cortinas del mismo color de los tapices, veíanse entre un bosquecillo artificial de plantas exóticas y rarísimas flores, rodeadas por un hilo luminoso que a través de los opacos cristales se filtraba. Las alfombras, de un fondo aperlado con matices de rosa, completaban el elegante adorno de aquel saloncillo.

Atravesamos otras muchas salas igualmente artísticas; pasamos al gabinete octógono en donde Milord Pembroke acostumbraba abismarse en la lectura; el salón chino con sus abigarrados tapices, sus jeroglíficos extraños y simbólicas figuras; la alcoba otomana con sus voluptuosos divanes, su lecho de columnas salomónicas y sus colgaduras de Damasco; el comedor indio con su estufa de cristal guardando plantas preciosísimas; el salón de armas con sus corazas y sus yelmos, sus adargas y sus lanzas, con sus trofeos de épocas diversas, desde Carlomagno a nuestros días; y sus trofeos de armas de fuego, desde el arcabuz rudimentario hasta el Chassepot y el fusil de aguja[11] de estos tiempos; dejamos atrás todos estos prodigios, todas estas maravillas y entramos por último a la galería de pinturas venecianas.

Fanático admirador de Italia, y especialmente de Venecia, el viejo poseedor de aquella casa había formado una envidiable colección de pinturas venecianas, gloria y deleite de Pembroke, su heredero. Vasta y solemne era aquella galería, alumbrada por ojivas ventanas artísticamente dispuestas para el mayor lucimiento de los cuadros.

¡Qué paisajes, qué grupos, qué figuras! En primer término y como presidiendo aquella aglomeración de obras maestras, veíase a Ticiano, el rey del colorido, aquel que tuvo por musa a una bacante y que ahogó su poesía, su sentimiento en la opulenta cabellera que caía como una lluvia de oro sobre la nívea espalda de su amada; a Giorgione, con la firmeza de sus líneas, la naturalidad y soltura de sus ropajes y el atrevimiento de sus toques; al Tintoretto, aquel que amaba el perfil de Miguel Ángel y el colorido de Ticiano; a Bassano, el gráfico pintor del Arca de Noé; a Boschini con sus cuadros de guerras y matanzas; a Pietro Suzino, a Sebastián del Piombo y a Pablo el Veronés por último, el gran señor de la pintura, el artista por excelencia, el rey de los pintores venecianos. ¡Oh! allí la fantasía volaba como la mariposa, esa coqueta de la atmósfera, de los palacios moriscos de Giorgione a las Venus dormidas del Ticiano; veía a Violante[12] abrochándose el corsé frente a un espejo que los

---

[11] *Chassepot... fusil de aguja,* fusiles empleados respectivamente en los ejércitos francés y alemán, en la época de la guerra franco-prusiana.
[12] Heroína del poema *Orlando Furioso,* de Ariosto (1516).

amores sostenían, y a los caballeros de sobrevestes y ropillas elegantes, murmurando los versos del Ariosto en la mesa opulenta de la orgía; Schiavone robando a Dios sus ángeles y edenizando la Naturaleza, y a Andrea Mantegna resucitando con su pincel y su paleta el cadáver yerto del pasado.

—¿Qué tal mi galería? —dijo Pembroke, poniéndome la mano sobre el hombro e interrumpiendo así mi *rêverie* entusiasta.

—Digna de un museo de Europa.

—Falta por ver lo mejor. Voy a presentarle a Ud. a mi esposa.

Confieso que me dio un vuelco el corazón y que, bien a pesar mío, sentí rojo como unas granas mi semblante. ¡Iba a tener ante mis ojos a la diosa de aquel mágico recinto! Siguiendo a Milord, atravesé aún otras no menos ricas galerías, museo de las mejores creaciones del cincel y la paleta; yo nada veía, nada escuchaba; sentía que mis pies se hundían en algodones, que mi cabeza giraba acometida de un vértigo terrible. Detúvose por fin Pembroke; puso la mano en el botón de porcelana de la puerta; se abrió ésta y...

—Señorito, señorito, el almuerzo.

—¿Eh? ¿Quién me detiene? ¿Quién me llama?

—Soy yo, señor, Benito.

—¡Benito! ¡Mi alcoba! ¡Mi mesa de noche...! ¡Yo en la cama! ¡Todo lo comprendo! ¡Ha sido un sueño!

—¡Señor, las diez y media!

—¡Que no te parta un rayo!

—Pero señorito...

Puse un pie en el suelo, bajé la mano para tomar una pantufla y ¡zas! la arrojé como un proyectil sobre Benito.

—¡Ay!

—¡Canario! ¡Haberme arrancado de este sueño!

—El chocolate.

—¡Anda al diablo!

¡Cric! el plato se rompe, cae el pocillo y el espumoso líquido baña a mi importuno visitante.

¡Lástima! ¡Y no haber conocido a la hermosa mujer del soñado Pembroke! No, pues yo no me resigno; protesto contra este despertar malhadado, pongo un *continuará* en la almohada, y... hasta la noche.

AL AMOR DE LA LUMBRE[1]

Lo van Uds. a dudar; pero en Dios y en mi ánima protesto que hablo muy de veras, formalmente. Y después de todo, ¿por qué no han de creer Uds. que yo vivo alegre, muy alegre en el invierno? Veo cómo caen una por una las hojas, ya amarillas, de los árboles; escucho su monótono chasquido al cruzar en mis paseos vespertinos alguna avenida silenciosa; azota mi rostro el soplo de diciembre, como la hoja delgada y penetrante de un puñal de Toledo, y lejos de abrigarme en el fondo de un carruaje, lejos de renunciar a aquellas vespertinas correrías, digo para mis adentros: ¡Ave, invierno! ¡Bendito tú que llegas con el azul profundo de tu cielo y la calma y silencio de tus noches! ¡Bendito tú que traes las largas y sabrosas pláticas con que entretienes las veladas del hogar el buen anciano, mientras las castañas saltan en la lumbre y las heladas ráfagas azotan los árboles altísimos del parque!

¡Ave, invierno! Yo no tengo parque en que pueda susurrar el viento, ni paso las veladas junto al fuego amoroso del hogar; pero yo te saludo, y me deleito pensando en esas fiestas de familia, cuando recorro las calles y las plazas, diciendo, como el buen Campoamor, al ver por los resquicios de las puertas el hogar chispeante de un amigo:

Los que duermen allí no tienen frío.

¡El frío! Denme Uds. algo más imaginario que este tan decantado

[1] Se imprimió cinco veces, por lo menos, en los periódicos de la capital, con varios títulos y varias firmas: en *El Federalista*, 18 de noviembre de 1877, con el título de *Cosas del mundo* y firmado "Nemo"; en *La Libertad*, 27 de octubre de 1878, *Artículo de invierno (Al amor de la lumbre)* y "M. Gutiérrez Nájera"; en *El Cronista de México* del 22 de octubre de 1881, *Memorias de un vago (Al amor de la lumbre)* y "M. Can-Can"; y en *El Partido Liberal*, 6 de noviembre de 1887, *Humoradas dominicales (Al amor de la lumbre)* y "El Duque Job", y en *El Correo de las Señoras* el 23 de noviembre de 1890, *Al amor de la lumbre* y "El Duque Job". Las versiones periodísticas de 1877 y 1878 tienen en común el incluir un párrafo preliminar de unos veinte renglones que falta en las demás.

Al incluir éste entre sus *Cuentos frágiles*, 1883, nuestro escritor siguió de cerca la versión periodística de 1881, haciendo sólo dos o tres alteraciones de poca importancia. Publicamos la versión que aparece, en forma idéntica, en *Cuentos frágiles*, 1883, y en *El Partido Liberal*, 1887. En las *Obras*, 1898 *(Artículo de invierno*, pág. 135), se reproduce la versión periodística de *La Libertad*, 1878. No ha sido recogida en ninguna otra parte.

personaje. Yo sólo creo en el frío cuando veo cruzar por calles y plazuelas a esos infelices que, sin más abrigo que su humilde saco de verano, cubierta la cabeza por un hongo vergonzante, tiritando, y a un paso ya de helarse, parecen ir diciendo como el filósofo Bias:

Omnia mecum porto.[2]

¡Pobrecillos! No tener un abrigo en el invierno equivale a no tener una creencia en la vejez!

Siempre he creído que el fuego es lo que menos calienta en la estación del hielo. Prueba al canto.

Conozco a un solterón, hombre ya de cincuenta navidades, rico como Rothschild,[3] egoísta como Diógenes y sibarita como Lord Palbroke. Es rico; tiene una casa soberbia; diez carruajes perfectamente confortables; una servidumbre espléndida y una mesa que haría honor a Luculo.[4] Nadie al verle recostado en los muelles almohadones de su cómoda berlina, tirada por *two miles*[5] americanos, cubierto por una hopalanda contra la que nada podría el hielo mismo de Siberia; nadie, digo, podría pensar que aquel hombre es desgraciado, perfectamente desgraciado; que aquel soberbio Creso padece de una enfermedad terrible: ¡*el frío!*

Nada más cierto, sin embargo; nuestro hombre, nuestro banquero, nuestro millonario, tiene frío. Y es lo peor que ni la chimenea noruega, ni las pieles asiáticas que tiene en su palacio, son bastantes a combatir aquella nieve eterna. Se encierra en su casa; busca el suave calor de las estufas; abriga sus entumecidos miembros con las pieles traídas por él de San Petersburgo: impide con la espesa *portière* y el luengo cortinaje que algunas ráfagas de viento penetren *sans façon* por las junturas; se cree ya salvo, se hunde en los almohadones de un canapé de invierno; pero está solo, enteramente solo; los placeres le hastían, los amigos lo explotan; no hay un solo corazón que lata con el suyo; no hay una sola mano que enjugue sus lágrimas, si llora; si muere, nadie vendrá

---

[2] "Todo lo llevo conmigo". Bias, uno de los siete sabios de Grecia, se negó a huir de su ciudad nativa de Priene cuando la sitió el ejército de Ciro. Preguntado por qué no huía como sus conciudadanos, llevando consigo sus objetos de valor, contestó con la frase que aquí cita Nájera, indicando con ella que nadie podría privarle de su posesión más estimada: su pensamiento.

[3] Banquero alemán (1743-1812).

[4] Patricio romano célebre por su lujo.

[5] Así usadas, estas palabras inglesas carecen de sentido. Tal vez el autor quisiera indicar que los caballos eran capaces de competir en una "two-mile race" (una carrera de dos millas).

a consolarle en su agonía, nadie irá a rezar en su sepulcro: ¿la juventud? ¡ya ha pasado! ¿el amor? ¡imposible! ¿las riquezas? ¡qué valen! ¿el recuerdo? ¡es el remordimiento! ¿la muerte? ¡hela que llega...! Los leños de la chimenea crujen como si también llorasen; tiemblan los cristales; las salas están desiertas y sombrías... ¡qué soledad! ¡qué tristeza! ¡qué horrible frío!

Mi buen amigo:

Sé que me quieres y por eso te escribo robando para ello algún instante a la santa felicidad de mi existencia. ¡Soy tan dichoso! ¿Te acuerdas de mi Lupe? ¡Es tan buena, tan sencilla! ¡Yo la quiero tan a la buena de Dios, como tú dices! ¡Es tan bello el angelito que Dios nos ha dado! ¡Si lo vieras! Tiene la cabecita rubia y los ojos brillantes, húmedos, como su mamá. ¡Alma de mi alma! Cuando le veo dormido en su cuna, con las manos plegadas sobre el pecho; cuando caliento sus entumecidos piececitos con mis besos, me parece que no hay felicidad... ¡qué ha de haber! como la mía, y lloro, sí, no me avergüenzo de decirlo, lloro como un simple, abrazo a Lupe, mi otro ángel, y salto como un niño... ¡vamos! ¡si creo que voy a volverme loco de contento!

Ven con nosotros; te esperamos. Deja tus monótonos paseos, los cafés, los bailes, los teatros; ven a olvidar tu eterno *spleen*. Ya verás cómo me envidias... Sí, porque la envidia es a veces muy justa y hasta santa. Mira: te dispondremos la alcoba en una pieza tapizada de azul, como a ti te gusta; encontrarás algunos tiestos con flores en la ventana; un sillón cómodo y mullido junto al caliente lecho, y en la mesilla de noche algunos libros, como *Monsieur, Madame et Bebé*.

Ya verás si soy dichoso, cuando en estas largas noches de invierno vuelvo desde temprano a mi casita, y mientras Lupe, con su bata blanca y su rosa, blanca también, en el cabello, toca algún wals de esos que te hacen cosquillas en los pies, yo leo perezosamente algún buen libro, mirando con el rabo del ojo a mi mujer, que es un libro más digno ciertamente de ser leído, que todos los que tú aglomeras en tu biblioteca.

No somos ricos: bien lo sabes; pero cuando después de trabajar durante el día vuelvo a mi hogar, y Lupe, con nuestro ángel en los brazos, sale a recibirme, soy tan feliz, me juzgo tan dichoso que... vas a dudarlo —no me cambiaría por el más opulento millonario. ¿Qué riquezas hay que puedan compararse con la santa paz de mi alma? Si estás triste, si estás decepcionado, ven a pasar algunos días con nosotros: ¡somos tan felices, que quisiéramos salir por esas calles diciéndolo a voz en cuello, para que todos participasen de nuestra dicha!

CARLOS

Ya lo ve Ud., señora o señorita; mi amigo Carlos, sin estufas, ni abrigos, ni carrozas, disfruta de un calor de que no goza el más encopetado millonario. ¡El alma! He ahí la chimenea que debe conservarse bien provista para las largas noches del invierno.

> Car l'hiver ce n'est pas la bise et la froidure,
> Et les chemins déserts qu'hier nous avons vus;
> C'est le coeur sans rayons, c'est l'âme sans verdure,
> C'est ce que je serais quand vous n'y serez plus!

Tengo para mí que el recuerdo es un calefactor en el que debe pensarse muy de veras, cuando el furor industrial, siempre creciente, agote las minas de carbón de piedra. Yo de mí sé decir que encuentro en el arsenal de mi memoria, así las nieves y el hielo de los polos, como el fuego del África y del Asia. Por eso cuando hundo mi cabeza en la caliente almohada, me arropo con las colchas y espero las blandas caricias del sueño, mientras miro cómo se descompone y se trasforma el humo que asciende en espiral de mi cigarro, evoco, si experimento una convulsión de frío, alguna memoria y me caliento a su fantástica sombra. ¿Lo dudáis?

Tengo un amigo entrado ya en años, pero joven de espíritu; poeta, si los hay, aunque en su vida —¡y cuidado si es larga!— ha tenido la ocurrencia de ensartar un verso; padre de dos mocetones, bigotudos y robustos como dos sargentos; y para fin y postre, comerciante. Ello es, empero, que ni la nieve de los números, ni los afanes de la vida práctica, han sido bastantes a aniquilar el poético entusiasmo de mi amigo, que todavía, bajo la escarcha del cabello cano, siente hervir la generosa hoguera de la juventud. Pocas noches hace, departíamos los dos amigablemente, sentados ambos en torno de una mesita de *papier maché*, cargada por más señas con dos tazas chinas de trasparente porcelana, una soberbia cafetera llena de sabroso moka, y una caja abierta de codiciables tabacos, frescos todavía por las húmedas brisas de la mar. Hablábamos del frío, y mi amigo, con su voz cascada, narróme, si no me es infiel la memoria, lo siguiente:

—Tenía, allá en mis mocedades, una novia, bella como una figura del Ticiano, rubia como las espigas del trigo y tan sencilla que, a no habérselo dicho yo, no habría sabido, sino hasta Dios sabe cuándo, que era hermosa. ¡Pobre Clara! Ella me quería como quiere una mujer a los quince años. ¡Yo la amaba con todo el fuego de mis veinte mayos, y aún al recordarlo me parece que la amo todavía! Una tarde salimos, como de costumbre, por el campo; ella apoyada en mi brazo; yo confuso y trémulo como el niño que espera la sentencia de algún inocente pecadillo. Sin sentirlo, ella y yo nos alejamos de los que atrás venían, poco a poco internándonos en lo más intrincado del follaje. Yo sentía que su brazo temblaba junto al mío, veía cómo el pudor teñía con un tinte rosado su semblante... De pronto, Clara se desprende de mi brazo, y lanzando una sonora carcajada, corre como una cervatilla por el campo; yo la sigo, ya la alcanzo: tiende los brazos, estrecho su cintura; vuelve ella la cara, miro un pequeño racimo de uva entre sus labios, quiero quitárselo, ella se defiende, y sin quererlo, casi sin pensar en ello, se unen nuestros labios, y un beso el más santo, el más puro, el más sublime, suena de pronto entre aquella soledad y aquel silencio.

¿Dígame Ud. si no producen un calor cariñoso estos recuerdos?

¡Invierno, invierno! Dicen que eres retrato de la vejez! Hoy eres entonces el retrato de la humanidad: ¡todos somos viejos!

PIA DI TOLOMEI[1]

¡Pia...! ¡Pia di Tolomei...! ¡Es raro! Yo he visto a esta mujer en otra parte. Es alta, esbelta, se creería una imagen escapada de la vidriera de colores de una iglesia antigua; su pupila es negra como la noche; aquel arco purísimo de su boca parece hecho más bien para la oración que para el beso; sus cabellos se deslizan silenciosamente en negras y espesas bandas por su hombros, recortando aquella frente de marfil que guarda un pensamiento impenetrable; ¡qué blancura, la blancura hiperbórea de sus brazos! ¡Qué cuello aquel, apenas entrevisto y que trae insensiblemente a la memoria a las mujeres-cisnes de las leyendas alemanas! ¡Cómo se confunden y armonizan en aquel rostro esos tintes lácteos, opalinos, nacarados! ¡Cuán bien se dibuja en su blanquísima mejilla ese ligero pétalo color de rosa, semejante al reflejo del sol de mediodía en las nieves eternas de los polos! Esa mujer recuerda a la *Joconda* de Leonardo da Vinci; parece que sus carnes se idealizan, se vuelven diáfanas; no es la Venus escultórica y hermosa, es la Diana casta y bella que se enseñorea de su amor y sus pasiones; esa mujer es un soneto de Petrarca humanizado. ¡Oh, no cabe duda alguna! Yo he visto a Pia di Tolomei en otra parte.

La cosa, sin embargo, no puede ser más absurda ni más extravagante. La Providencia tuvo el mal tino de enviarme al mundo Dios sabe cuántas centurias después que a la poética dama legendaria; he leído a Flammarion,[2] pero a pesar de eso, no cabe en mí la hipótesis de haber sido flor, animal o cosa que lo valga en los remotos siglos de la Edad Media; para mayor abundamiento, no me he encontrado nunca en ningún círculo espiritista ni por ende he tenido ocasión de remontarme a los fabulosos países de los sueños. ¿Cómo, pues, he conocido a Pia? Tal es la pregunta que me hago y me repito a cada instante, sin acertar jamás con la respuesta. Comprendo a Gérard de Nerval[3] cuando leo aquellos deliciosos versos:

[1] Apareció en *La Libertad* del 16 de junio de 1878, con la firma de "Manuel Gutiérrez Nájera". Publicamos esta versión única, corrigiendo algunos errores.
    No ha sido recogido.
[2] Camille Flammarion (1842-1925), astrónomo francés, autor de *La pluralité des mondes habités* (1862).
[3] Literato francés (1808-1855).

>   Puis un château de brique à coins de pierre,
>   Aux vitraux teints de rougeâtres couleurs,
>   Ceint de grands parcs, avec une rivière
>   Baignant ses pieds, qui coule entre des fleurs.
>   Puis une dame, à sa haute fenêtre,
>   Blonde aux yeux noirs, en ses habits anciens...
>   Que, dans une autre existence peut-etre,
>   J'ai déjà vue — et dont je me souviens!

Pudiera a alguien ocurrírsele que yo he conocido a Pia di Tolomei en algún cuadro de los museos de Europa. Ingres pintó el admirable lienzo de *Francesca da Rimini;* una de las primeras obras de Delacroix fue *La barca del Dante;* ¿qué mucho, pues, que la leyenda poética de Pia haya inspirado a algún gran pintor o a algún célebre estatuario? Desgraciadamente hay sólo una objeción que oponer a esta hipótesis: yo no he viajado nunca. Ni siquiera, como el conde de Maistre,[4] he emprendido un viaje alrededor de mi cuarto. Eso sí, bien arrellanado en algún sillón de mi modesta biblioteca, teniendo enfrente una incitante taza de café, con un habano legítimo en los labios y algún libro de viajes en la mano, más de una vez he recorrido el mundo en alas de la invisible locomotora de la fantasía. He visitado con Gautier la Italia; no hay uno solo de los museos de Roma que me haya ocultado sus artísticas riquezas; he descendido hasta las Catacumbas y me he pavoneado después en los salones del Vaticano; he sentido la deliciosa fruición que experimenta el poeta, el artista, en esa ciudad de la poesía y del arte, en Florencia; me acuerdo de Pisa con su torre inclinada; de Nápoles con su Vesubio, sus mujeres y sus noches; conozco palmo a palmo esa ciudad encantada, esa reina del mar, esa Venus agonizante, esa Venecia a quien Sauvazon creía construida por los dioses, la Venecia del cuarto libro de *Childe Harold*[5] y de los admirables cuadros de Canaletto; y en estos viajes, en estas correrías, he tenido a mi lado a Dumas, el príncipe de los narradores, a Lamartine, a Stendhal; ¡qué filosofía encontraba en aquella severa crítica de Taine! ¡Cómo me deleitaban aquel arte, aquella filigrana, aquella palabra colorida y pletórica de Théo![6] Más de una vez recorrí con Arsène Houssaye los tétricos canales de

---

[4] Xavier de Maistre (1763-1852), autor de *Voyage autour de ma chambre* (1794).
[5] Poema de Lord Byron (1812-1818).
[6] Théophile Gautier, poeta y crítico francés (1811-1872).

Venecia; y más de una vez también atravesé con Byron las ondas del Adriático, el mar de los poetas. Gérard de Nerval me ha descorrido el velo que ocultaba los misterios del Oriente; con Méry me he internado en las profundas soledades de la India; he pasado una tarde en el lago de Como con Pedro Antonio Alarcón, y una noche en el Niágara con Chateaubriand: no hay viaje que yo no haya emprendido, ni hubo empresa exploradora, por arriesgada que fuese, que yo no acometiera; desde el viaje de Anacharsis a la Grecia hasta el viaje submarino de Julio Verne; con Flaubert he vivido entre las opulencias de Cartago; con Gautier entre los esplendores del Egipto; el universo todo ha pasado como visión kaleidoscópica a mi vista, y todo esto sin exponerme a pillar un constipado en Inglaterra ni a que la leche se me indigeste en Suiza; sin gastar un solo ochavo, sin que me exploten las *cocottes* de París o los *ciceroni* de Florencia; cómodo, hundido en los cojines muelles de mi asiento, en vez de ir embaulado en el vagón incómodo o en la tres veces prosaica diligencia; con la satisfacción del que acaba de saborear una comida buena, si no opípara, y sin las angustias, sobresaltos y temores de los viajes.

Pero a pesar de todo esto, yo no puedo haber conocido a Pia di Tolomei en estas excursiones. De ser así, su imagen habría quedado en mi memoria, con esa vaguedad, con esa indecisión de líneas, con esa falta de fijeza en los contornos, propias de aquellas creaciones de nuestros ensueños y de nuestra fantasía. Conocería a la esposa del conde de Siena como conozco a la Amazona de Fidias, al Pudor del museo del Vaticano, a la Eva de Canova. La misma vaguedad, la misma confusión, las mismas sombras. No, yo he visto a Pia di Tolomei de otra manera; su recuerdo tiene algo de real, de corpóreo, en mi memoria. Me parece mirarla con aquel traje azul que la velaba con sus luengas ondas; aquel blanco velo que prendido en su cabellera bajaba por sus hombros enroscándose antes en su cuello... ¡Oh, sí! no me cabe la menor duda: yo he visto a Pia di Tolomei en otra parte.

Abro la *Divina Comedia;* busco el canto quinto del Purgatorio; esto es; he aquí los versos en que el sombrío visitador de los infiernos nos describe la aparición de Pia:

> Ricorditi di me, che son la Pia:
> Siena mi fe!, disfecemi Maremma;
> Salsi colui, che'nnanellata pria,
> Disposando, m'avea con la sua gemma.

Poco satisfecho de los versos del Dante recurro a los antiguos cronicones; desentierro empolvados pergaminos; me encaramo en las últimas tablas de mi librería; una espesa nube me envuelve como a Moisés en el Sinaí; y a despecho de la polilla, tan de súbito desalojada, hojeo volúmenes tras de volúmenes, en busca de cuanto a la dama legendaria atañe.

Volpi, el discreto comentador del Dante, dice:

> Pia, gentil dama de Siena, perteneciente a la familia de los Tolomei, y mujer de Nello della Pietra, sorprendida por su esposo en crimen de adulterio, fue desterrada a Maremma, en donde recibió alevosa muerte.

Celso Cittadini, anotador de muy curiosos manuscritos, advierte que Mucio Piacenti había lamentado la muerte de Pia de Tolomei, en aquel soneto que comienza de esta suerte:

> Amor mi scalda in quella piaga fredda
> Di che'l core mio fassi cocente
> E dentro la sua ragna mi rimpreda
> Al riflesar de la *Pie* dolci spente, etc.

Confieso que la lectura de los comentarios de Volpi hubo de dejarme asaz desazonado y descontento. Yo no podía concebir que Pia fuera culpable. Manchar con tan feo delito a aquella figura tan poética y tan bella, era, en mi sentir, enorme crimen, merecedor de ejemplarísimo castigo.

Para fortuna mía, y no bien había tenido tiempo de fruncir el ceño, acerté a dar con una *Historia de la muy noble familia Tolomei de Siena*, escrita en italiano por Girolamo Gigli, grande rebuscador de añejas cosas, y —aquí entra lo importante— paladín esforzado de la inocencia y la virtud de Pia. Bien es cierto que a no haber encontrado aquellos pergaminos que tan de manifiesto ponen la virtud de nuestra dama, la simple lectura de los cuatro versos del Dante arriba citados, hubiérame bastado para destruir completamente la calumniosa aseveración de Volpi; porque si tan universalmente creída era entonces la tradición que aquel comentador refiere, ¿cómo el Dante deja inferir que desconocía la causa de la muerte de Pia, y cómo, también, ya que ésta fue tan criminal y delincuente, en vez de ponerla, como era de justicia, en el infierno, nos la muestra purificándose en el purgatorio? Más creíble es, indudablemente, la narración que acerca de esto mismo puede leerse en la *Storia di Siena*, de Tomasi. Cree el historiador que el conde Nello calumnió deliberadamente a Pia, con el objeto de contraer segundas nupcias con la hermosa condesa Margarita de Santa Fiora:

> Diede anchora quest'anno nuoua materia di graui ragionamenti l'insolenza di Nello da Pietra, il quale hauendo, senza altra cagione hauerne, vccisa Pia Tolomei sua Donna, s'era proposto di farsi moglie la Contessa Margarita, la seconda volta rimasta vedoua; ma caduto da quella speranza, e gittatosi alla disperazione, tentò di vituperarla.

No sé, sin embargo, cuál sea el crédito que deba darse a este cronista, cuando por los documentos auténticos, citados por Gigli, viene a resultar precisamente que Margarita fue mujer de Nello della Pietra y que de su matrimonio hubo un niño, que murió poco tiempo después, y en cuyo sepulcro, que se halla en la iglesia de San Francisco de Massa, puede aún leerse la inscripción siguiente: "Hic jacet Binduccius filius Dominae Margaritae Palatinae et Domini Nelli Pietra Pannostiensunn An. Domini MCCC. Indictione XIII, die Kalendis".

Ya he dicho que, por lo que a mí toca, creo a pie juntillas en la virtud de Pia: ignoro si Nello della Pietra la dio muerte con su propia mano, o bien si desterrada en la Maremma bajó al sepulcro víctima de la *malaria;* no sé hasta qué punto deba creerse la tradición que el poeta Marengo ha llevado a la escena; pero lo que para mí es incuestionable, lo que no puedo poner en tela de juicio, es que aquella mujer tan blanca, tan hermosa; aquella mujer que he visto no sé en dónde y que recuerdo no sé cómo, es pura como el rayo de luna que riela en las quietas ondas del lago. Ello es, empero, que tras tanto hojear vetustos pergaminos el secreto de aquel recuerdo tan profundamente grabado en mi memoria queda tan incomprensible e impenetrable como antes. ¿En dónde he conocido a Pia? No soy espiritista, no he visitado los museos de Europa: ¿cómo, pues, al admirar a la Pezzana, me ha asaltado de súbito un recuerdo, y he creído que aquella dama gótica, escapada de uno de esos nichos que aún se miran en las catedrales del siglo XVI, era ya mi amiga de antemano, que otra vez la había mirado así, casta, apacible, no sé en dónde ni recuerdo cuándo? ¿La he visto en algún libro, en alguna galería, en alguna iglesia? ¡Ah! ¡un rayo de luz! ¡eureka! ¡eureka! Bien lo recuerdo: el pueblecillo aquel... la parroquia con sus muros de ennegrecida piedra... aquel convento casi en ruinas en una de cuyas celdas vivía el cura... la tarde lluviosa... nuestra plática aquella... aquellos corredores sombríos en cuyo fondo apenas lograba distinguir la escasa luz de agonizante linternilla... un gran lienzo representando la "Asunción" de la Virgen, y a su lado ¡horror — un cuadro profano... ¿qué representa? ¿quién es esa mujer que tan dulcemente nos mira? El pobre cura afirma que es una imagen de María... pero no, volvamos por el revés el cuadro... no tiene firma... aquí encuentro un letrero... descifrémoslo... ¡eureka! ¡eureka! ¡todo está aclarado! He aquí el letrero:

Ista fuit illa Pia nobilis Domina
de Tholomeis de Senis.

LOS MATRIMONIOS AL USO[1]

(Cartas de Gustavo Z...)

De Sofía a su amiga íntima

MI PALOMA sin mancha, mi corderillo verde, mi ratoncito blanco, ya ves que no te olvido. Mi polluelo recién-nacido, mi tortolita mística... quita mejor esa frase que he aprendido de mi hermano, y que tiene por cierto no sé qué olor a blasfemia y herejía. Ya tú sabes que mi señor hermano tiene sus pelos y sus lanas de filósofo. Mamá me dice diariamente que él es la causa de sus aflicciones; pero ¿qué vamos a hacer? No tiene más que ese solo vicio. Es muy amante; tiene el grado de oficial; no fuma; no bebe; ¿qué vamos a hacer? Yo rezaré por él todas las noches. Éstos son disgustillos de familia, a los que es necesario resignarse.

Ahora dame tu mejilla derecha para que te dé yo un beso, y tu mejilla izquierda para que recibas un suave y cariñoso golpecito.

---

[1] Publicado el 12 de octubre de 1879 en *El Republicano*, titulado *A humo de pajas* y firmado "Rabagás"; el 27 de noviembre de 1880 en *El Cronista de México, Memorias de un vago* y "M. Can-Can", y el 19 de octubre de 1882 en *El Nacional, Los matrimonios al uso* y "Frú-Frú". Publicamos la versión de 1882, por ser la última que enmendó el autor.

La versión de 1879 lleva el siguiente preliminar:

Pensaba yo noches pasadas, asistiendo a la primera representación de los *Grandes títulos*, comedia de Pérez Echeverría, en cierto amigo mío, en Gustavo Z. Gustavo. Es un parisiense perfectísimo, tiene singular donaire y gracia para desarrollar y poner de relieve las más escabrosas situaciones; escribe como un gran señor, esparciendo a diestra y siniestra las perlas de su ingenio; conversa admirablemente; vive en los boulevares; come en la Maison d'Or, y le visten los sastres más de moda; su memoria · es un museo de cuadros peregrinos; su desenfado cautiva; su estilo, por lo suave y apacible, puede decirse que es de color gris perla; es el tipo acabado del gentil hombre; pertenece a esa raza aristocrática de la galantería, que para desdicha nuestra va desapareciendo ya de entre nosotros, y pronto podrá ponerse en una colección de etnología al lado del *elephas primigenius* y del *rhinoceron* primitivo de la edad histórica.

Pero Gustavo Z. ha venido a sacarme de un terrible aprieto. Yo no sabía cómo dar comienzo a esta revista; ser cronista de una ciudad sin crónica, me amedrentaba; ya me disponía a ensartar palabras tras pala-

He recibido las camisas de batista y me han gustado mucho. Un poco lujosas ¿verdad? Pero al cabo no se casa una todos los días del año. Anoche escogí las cachemiras. Tomé la de fondo rojo: ¿no te gusta? Las costureras no se dan un punto de descanso. Mi tía me envió ayer el libro de misa, ¡un gran libro por cierto! ¡Una positiva alhaja! Los adornos son de acero —parece que el acero continúa de moda— y en el centro mis armas de relieve con la corona, el mirlo y la maquinita. ¿Creerás que me pregunto todavía lo que significa la tal maquinita? De todos modos, yo te lo aseguro, soy feliz. Ya te figurarás que con tantos preparativos hay para perder la calma y la cabeza. Si no fuera porque mamá me ayuda un poco, yo, hija, estaría de correr, para volverme loca. Se está construyendo en el parque un salón de baile para el día de la boda. Papá quiere obsequiar a mamá con un soberbio tronco de caballos. Monseñor está invitado para decir la misa. En cuanto a la comida, creo que la quieren hacer fuera de la casa. Ya sabes, esas gentes están más habituadas a estas cosas.

Pero —me dirás— ¿y el héroe? ¿y el príncipe encantado? ¿tu marido?

Bueno; paciencia; voy a contarte todo. Él es un verdadero gentilhombre. Tiene un nombre nobilísimo. ¡Como que pertenece a la primera nobleza! A propósito, recuerda a tus costureras lo de la corona; ¿ya sabes, no? sobre la cifra. Pues sí, mi futuro esposo es el prototipo de la galantería. Huele a duque desde a legua, y sin embargo —¡mira tú qué cosas!— sólo es conde.

Antes de seguir adelante, permíteme que te dé otro beso.

Figúrate un hombre que ha rechazado todas las proposiciones del Gobierno. Ayer, nada menos, se lo contaba al señor Cura, y por cierto que su conducta no ha contribuido poco a aumentar la estimación en que le tenemos. Con razón, ¿verdad?

bras y enviarlas a la imprenta, en guisa de un examen crítico de la comedia nueva, cuando el providencial recuerdo de mi amigo vino a librarme del tremendo apuro.

En un abrir y cerrar de ojos recordé su linda casa —rue Saint Germain, núm. 99, primer piso—. Su bufete de *acajou*, el cajoncillo perfumado, y en él varios paquetes de cartas, amarradas con cintas de colores, y entre ellas las dos cartas peregrinas que, después de traducirlas como Dios me dio a entender, me traje de París para edificación de los lectores. Nada venía, por cierto, más a pelo. ¿Se trata de conocer a los grandes títulos? Pues ahí va una muestra, un *échantillon*, como lo dicen los franceses.

¿Te se figura cosa tan sencilla eso de levantar la cabeza y decir firmemente a todo un pueblo: no, yo no quiero caminar con vosotros, pertenezco a mi Dios y a mi rey? Él opina que debemos sujetar nuestro matrimonio a la venia del Santo Padre. Yo lo creo también. Pero lo más aristocrático que tiene es el pie —un pie de hombre y de mujer al propio tiempo— estrecho, afilado, con un empeine soberano y con talón redondo que se eleva sobre el tacón alto y barnizado. El ruido de sus botas no se asemeja a otro ninguno. Desde luego se adivina que aquel pie habría podido calzar la espuela de oro e ir a las Cruzadas. Yo me pienso que la delicadeza del pie es lo que caracteriza a la rama menor de la familia. Lo que distingue a la rama mayor es la forma exquisita de la nariz, muy semejante a la de los Borbones.

En cuanto a sus libreas, ya te supondrás que, atendiendo a sus quebrantos de fortuna, deben estar un tanto cuanto descuidadas. Anoche mismo nos decía con una sencillez encantadora que su gran castillo, que es, entre paréntesis, un monumento histórico, según el señor Cura, está reducido a cuatro desmantelados paredones.

—Pero —decía también— en la piedra que domina las ruinas de la puerta, está esculpido el escudo heráldico de mi familia, y esa piedra se ha conservado siempre intacta.

¡Y si hubieras oído de qué manera decía esto! golpeando con el bastón la punta de su bota. Mi padre estaba rojo, rojo, como si acabara de comer. Yo también te confieso que me encontraba conmovida. Figúrate un castillo en ruinas; los altos torreones desmoronándose de viejos, los puentes levadizos, los inmensos fosos... ¡Qué cosa tan poética! ¿verdad? Pues bien, el dueño, el poseedor de todas esas cosas, estaba allí, sentado a poca distancia de nosotros, acariciando con la punta del bastón su estrecha bota!

—Señor conde —dijo mi padre levantándose—, la piedra sola de que Ud. hablaba, vale más, mucho más que toda la dote de mi hija. Por lo que mira a mi persona, suplico a Ud. que crea...

¡Ya te figurarás cómo estaría mi padre al decir esto!

—Ella vale más para mí —contestó el conde—. La señorita hija de Ud. vale muchísimo.

Hizo bien en responder así. Yo en su lugar habría dicho lo mismo; pero ya comprenderás que aquel fue un nuevo rasgo de nobleza.

Al irme a acostar, papá me abrazó, y me dijo conmovido:

—Yo me encargo de reponer tu gran castillo.

¡Qué bueno es mi pobre papá! Sólo que algunas veces, como dice el conde —sin ánimo de herirnos, por supuesto—, hay en nuestro parque cierto olor a carbón de piedra...! Esto no es extraño, las oficinas están nada más a un cuarto de legua. Pero nosotros estamos ya habituados y no lo percibimos.

No puedo escribirte más, mi buena amiga. ¡Eh! que vaya a todo escape. Busca el piano de cola, cuida de la corona y de la cifra; y date una vuelta examinando las libreas. Nosotros seguiremos usando las de familia, pero pienso reformarlas, respetando la tradición, por de contado. Continuará el pantalón y el chaleco anaranjado, pero el levitón color de hoja marchita no me gusta.

No me llames en tus cartas señora condesa. ¡Has sido y seguirás siendo una gran niña! Tu reloj adelanta quince días.

Adiós, y mil besos.

Tu Sofía

P. D.—Creo que me quiere mucho.

El conde a su amigo íntimo

Calla, pues, y no digas necedades. Toma tu sombrero, ve a la casa de Stuckmann y dile que el último par de botas que me envió tenían un dedo de largo. ¡Sabes que comienza a cansarme el tal Stuckmann! Te agradecería también que te dieses una vuelta por casa de mi sastre y que apresurases a toda su gentuza. Estoy desnudo, materialmente desnudo, amigo mío, y esta situación, como comprenderás, es imposible.

Ahora hablemos a solas.

¿Podrás explicarme qué especie de pastoral es la que me contaste en tu carta última?

¡Simpatías morales...! ¡alianza de dos destinos...! ¡conformidad de gustos...! Mira, tú, vamos a cuentas, ¿me has tomado tal vez por algún necio? ¿Imaginas que veo a mi pobre papá-suegro ni más ni menos que al autor de mis días? ¿Piensas que no estimo a mi nueva familia en lo que vale? Te lo repito, no te puedo entender, no te comprendo. ¿Dices que voy a venderme? ¡Con mil diablos! ¿Quieres que se me suba la mostaza a las narices?

Hallo en mi camino una muchacha delicada, se me entra por el ojo derecho, me enamoro, cruza por mi magín la peregrina idea de darle unos cuantos enjuagues y hacerla condesa: ¿qué tiene esto de extraño? ¿Será la primera vez que se ha visto en nuestra historia? Sucede, sin embargo, —¡rara coincidencia!— que esta niña de sonrosadas mejillas y garbo aristocrático, es a pesar de todo, la hija de un honrado constructor de maquinaria, extremadamente rico por añadidura. ¿Crees tú que estos dos obstáculos, de los que uno puede considerarse imaginario, son capaces de paralizar mis intenciones? Los de mi familia, amigo mío, cuando encuentran un tropiezo en su camino saltan por encima. Pues bien, yo salto por encima del papá-suegro; por encima de las fábricas y de los talleres que esparcen un pesado olor en torno suyo; por encima de la mamá-suegra, que es una tendera excelentísima; salto, digo, por encima de todo esto, y voy a caer a los pies de mi magnífica pastora. Eso sí: mi prometida me trae un millón en su mano izquierda. ¿Será muy poco acaso para apagar el olor a carbón de piedra, el papá, la mamá, los resabios de la tienda y el agudo silbido de las máquinas?

Será un capricho extraño, lo concedo; pero basta mi nombre para que se le respete.

¡Cómo! ¡Con una plumada puedo hacer algo de una niña que no quiere quedar oculta en su apacible medianía, inundar de regocijo el corazón de un pobre hombre y de una pobre mujer, buenos como el pan; poner alegres todas las fisonomías de un ejército de honrados artesanos —mis ingleses que de tiempo atrás esperan con ansia este supremo instante— ¡y por un escrúpulo de nobleza he de renunciar a hazañas semejantes! ¡Ah, no! mi decisión ya es irrevocable. No me repliques más: ¡me caso! Con una sola plumada reconstruyo mi pobre castillejo, le añado media docena de torreones, cavo un foso, alzo un puente, en suma, reedifico con decoro la feudal mansión de mis mayores. Sembraré, plantaré, ¡vamos! haré bien a todos los que me rodeen, como ha de aconsejarme monseñor el día del matrimonio.

¡Ah! ésta es una empresa nobilísima! Así utilizo generosamente el dinero acaparado por un infeliz constructor de maquinaria; así doy a esta clase industrial una inyección de nuestras ideas, la ennoblezco, la vivifico con el soplo de mis tradiciones y de mi pasado.

Las cosas deben verse desde un punto de mira digno y elevado. Sólo con mi presencia en esta casa, he conseguido darle no sé qué vago aspecto de castillo; y mis palabras han hecho más bien a la inocente niña que todos los sermones posibles e imaginables. Ya lo veo: hoy se avergüenza de tener una fábrica y unos talleres. Sus millones la incomodan. Comienza a comprender que, por encima del trabajo individual y del buen sentido de las masas, existe la jerarquía inviolable del nombre, de la sangre y de la raza.

A pesar de su oro y a pesar de sus millones, mi prometida no podrá jamás calzar mis botas. Su pie es sobrado grueso, y por todo el oro del mundo no podría adquirir otro pie. ¡Cuestión de razas!

Además —y esto me lo hacía observar monseñor pocos días hace— haciendo a un lado el bien general que puede resultar de esta mi alianza para el progreso de nuestras ideas, ¿no sería ya hora de que se operase una especie de reacción o rehabilitación, de modo que los jóvenes, sin dar oído a sus preocupaciones, bajasen a las masas y metieran sus manos en la pasta, aunque después hubieran de lavárselas?

De los muebles, de las cruces, de los dorados de nuestros mayores, se hicieron los escudos que hoy ruedan en el mundo. Con esos escudos comenzó el padre de mi novia su fortuna. De suerte que, en término de cuentas, yo tengo derecho perfecto y positivo a poseer una porción no escasa de las máquinas que guarda mi futuro suegro en sus talleres. Esto es justicia seca.

—Pero ¿el trabajo? —Vas a decírmelo, ya te lo adivino: te conozco como a mi acreedor más implacable.

Pues bien, el trabajo, ¿no? ¿Conoces acaso un hombre que está más dispuesto a trabajar que yo?

Da prisa al carrocero. Deseo que la canastilla venga en el *cupé* con las persianas echadas. Ocúpate en buscarme una chichonera para el primer niño. Sobre todo, no te olvides de mis botas. Ya lo sabes: menos cuadradas de la punta y más largas, mucho más largas. Te envía un apretón de manos.

El Conde de * * *

P. D.—Sin presunción, puedo asegurarte que está loca por mí.

JUAN LANAS[1]

Bien dicen que Dios jamás olvida a los pájaros ni a los cronistas. Temí no hallar asunto para escribir mi artículo de hoy, y he aquí que al subir a un coche, me encuentro unas cuantas hojas manuscritas, atadas por un balduque azul celeste.

¿No conocen ustedes a Juan Lanas? ¿No? Pues van ahora a conocerlo.

No, esto es insoportable. Ame Ud. a una mujer con toda su alma, deje Ud. todos los paseos, todas las diversiones para dedicarse a estudiar, sólo a estudiar; enciérrese en las cuatro paredes de su cuarto sin salir más que por la noche, como los mochuelos, para encaminarse pian pianito a la casa de "ella"; ella, la que nos impulsa al trabajo, la que nos alienta, la que nos fortifica; hágase Ud. hurón para sus compañeros, selvático para sus amigos, insoportable para todos, y sin tomar nunca una copa, sin ir al café, sin perder el tiempo en las calles, en los paseos, en los teatros, más austero que un cenobita, más estudioso que Pico de la Mirándola, renuncie Ud. a la vida animada de los jóvenes y pase horas tras horas con los codos apoyados en la mesa, con un libro, casi siempre árido y seco, abierto constantemente ante los ojos, quemándose las pestañas, debilitándose el cerebro, sin

---

[1] Publicado tres veces en la prensa de la capital: en *El Republicano* del 4 de enero de 1880, bajo el título de *Bric-à-Brac* y firmado "Mr. Can-Can"; en *El Nacional,* Tomo V, 1882, *Juan Lanas - Primer monólogo* y "M. Gutiérrez Nájera"; y en *La Libertad* del 10 de febrero, 1884, *Crónicas kaleidoscópicas* y "El Duque Job".
La versión de 1880 lleva el siguiente preliminar:
   Me parece una ironía la de mi editor. Pedir que escriba una crónica quien como yo, emparedado en su alcoba solitaria, ha pasado casi toda una semana enfermo, es un sarcasmo.
   ¿De qué voy a hablar, Dios Santo?
   ¡Ah! me encuentro en mi gaveta la primera parte de un monólogo de Juan Lanas. ¿No conocen Udes. a Juan Lanas? ¿No? Pues van ahora a conocerlo.
La versión de 1882 no tiene sección preliminar, sino que comienza con las palabras: "No, esto es insoportable".
Publicamos la versión de 1884.
En cuanto al título, el nombre "Juan Lanas" es de origen popular. Zerolo define al personaje: "Hombre apocado, que se presta con facilidad a todo cuanto se quiere hacer de él".

tener más esperanza ni más felicidad, ni más consuelo que decirse para sus adentros, cuando vaya Ud. a meterse entre las sábanas: vamos, Carlos, estoy contento de ti, eres un buen muchacho, has estudiado tantas páginas, no has gastado el tiempo inútilmente, ya gozaste dos horitas de felicidad pasadas en dulce plática con Luisa; vamos, estoy contento, sigue así; por ahora, duérmete, y mañana cuidado con que se os peguen las colchas, señor flojo; en cuanto suene el alba, a poner los huesos de punta, a trabajar otra vez, que para eso ha hecho Dios Nuestro Señor el día; y así, siguiendo como vamos, con paciencia y un ganchito pasarán los días y las semanas y los meses, y dentro de año y medio o dos años, echando por lo alto, habremos ya vadeado el río, y podrá Ud. ir al examen y contestar a todas las preguntas, y obtener el título de médico, y después, —aquí entra lo más dulce— presentarse en la casa de la novia, que estará más contenta que unas pascuas; y así, al oído, quedo, muy quedito, decirle con la voz entrecortada de alborozo: mira, Luisa, por ti he hecho esto y aquello y lo de más allá; por ti he pasado mi vida emparedado en mi tugurio de estudiante, inquiriendo muchas cosas que no me interesaban, porque a mí sólo me interesa lo que te toca a ti, mi vida; consumido y escuálido a fuerza de estudiar horas tras horas; por ti he hecho todo esto, y habría hecho más, mucho más si hubiera sido necesario; pero ahora ya soy feliz, he terminado mi carrera; mira, aquí está mi título; dicen que tengo un porvenir grande, muy grande; toda mi gloria, toda mi vida, todo mi porvenir son tuyos; te amo con toda el alma; Luisa, Luisa mía, ¿me quieres? La muchacha, por supuesto, se pondrá más coloradita que una rosa, entornará sus párpados, arrugará con sus dedos sonrosados una de las puntas de su delantal de casa, pero luego levantará los ojos, ¡aquellos ojos con los que he soñado tantas noches! y mirándome así, como entre alegre y asustada, murmurará un "sí" tan tembloroso, tan quedo, tan entrecortado, que más bien que oírlo he de adivinarlo; sí, de adivinarlo, porque en aquel momento sus pupilas aparecerán más brillantes, más húmedas que nunca, y nuestras manos como atadas de improviso, entrelazarán sus dedos muy estrechamente, y una sonrisa, una sonrisa apacible, dulcísima, inefable, entreabrirá por un momento aquella boca, aquella cereza que los pájaros abrieron picoteándola.

Eso es, haga Ud. todo esto; abrigue durante uno, dos, tre años, estos sueños, estas ilusiones de color de rosa, y el mejo día, cuando esté más próximo el ansiado término, se encuentr

Ud. con un pollito adamado, con un mozalbete estúpido cuya única sabiduría consiste en atusarse con pomada "hongroise" los nada artísticos bigotes, en robar a su padre los dineros que derrocha diariamente en las cantinas, en andarse con no muy virtuosos compañeros por lugares nada limpios que digamos, en emborracharse y despilfarrar cuanto posee; y ese pollito, ese mozalbete, ese muñeco, os birla en un abrir y cerrar de ojos a la novia, conquista su corazón o su vanidad por lo menos; si ella cuenta con algún capital, aunque sea escaso, es capaz de casarse "incontinenti"; y entretanto, Ud., el imbécil, el necio, el hotentote, después de una vida de sacrificios y de privaciones, se encuentra con que aquel zascandil menospreciable le ha escamoteado como por encanto su porvenir, su vida, su felicidad, su todo.

¿Pero cómo tolera Dios estas infamias? ¿En dónde está la justicia que domina y arregla al Universo? ¡Si es una atrocidad! ¡Si no hay palabras con que poder nombrar estos delitos! ¡Y yo que la amaba tanto... que la amaba, sí...! ¡no, mentira! que la amo, que la amo todavía! Ayer mismo, después de cerrar el libro y apagar el mechero de aceite para adormecerme, me bajé descalzo de la cama, me dirigí a la pobre mesa que me sirve, y abriendo uno de sus cajones toscos y groseros, saqué temblando de emoción aquella cinta azul que la otra noche tomé furtivamente del tocador de Luisa. ¡Pobre corazón mío! casi se me saltaba del pecho cuando apretaba convulso con mis manos aquella cinta azul que tantas veces había visto entrelazada en su cabello!

Así, velando aquella prenda de mi Luisa, volví a tenderme en mi jergón, con el alma entristecida por no sé qué extraños presentimientos de amargura, pero amándola, con toda mi alma, y... no me avergüenzo de decirlo, llorando, sí, llorando como un niño.

Esta mañana todavía, volví a casa de Luisa para cumplir uno de los encargos que anteayer me hizo; entré; me acuerdo que, como era muy temprano, ella estaba en su tocador, y al escuchar mis pasos corrió a cerrar la puerta, gritando: "No se puede entrar, no se puede entrar, espérame". Nunca olvidaré aquel diálogo que tuvimos después. Ella entreabrió la puerta nada más lo suficiente para asomar por ella la cabeza, y escondiendo su cuerpo detrás de uno de los bastidores, sólo me dejaba ver un par de dedos afilados, color de rosa, suaves, que Dios sabe con cuánto placer hubiera yo tocado con mis labios. Se estaba peinando: algunas gotitas de agua brillaban todavía en sus rizos, y una de sus trenzas larga, negra, sedosa, enroscándose en su cuello de alabastro iba a concluir en la boquita de mi Luisa, quien con sus blancos dientes la apretaba, mientras con la otra mano componía con horquillas su cabello. Un albornoz blanco echado con precipitación sobre la espalda, velaba los encantos de su seno, pero abriéndose voluptuoso, por un lado dejaba ver un hombro terso, sonrosado, cubierto por un ligero y delicado vello, que lo hacía semejante a un durazno. Una sonrisa, yo no sé si burlona o maliciosa, asomaba en los labios de mi Luisa, que dirigiéndome una lluvia de preguntas con esa voz vibrante y argentina, cuyo secreto sólo ella posee, parecía gozarse en mi aturdimiento y embarazo. Luego que hube acabado de narrarle cómo había cumplido sus encargos, temiendo ser molesto con una visita tan matinal, dije:

—Luisa, hasta la noche.

—No, Carlos, no vengas a casa esta noche; vamos al teatro.

—¡Ah!

—Dan *El Hebreo* y mamá tiene deseos de ir. ¿Por qué no vienes con nosotros?

¡Ir con ella! ¡yo! ¡estar en el mismo palco! ¡causar celos o envidia a cuantos la mirasen! ¡Daría el brazo para bajar las escaleras, poner sobre sus hombros el abrigo y llevar en la mano su abanico! ¡Qué felicidad, Dios mío; qué felicidad! Pero bueno, para hacer todo esto se necesita un traje conveniente. Un frac y un par de guantes son indispensables. ¿Cómo me atrevo a ir con esta chupa de estudiante, con mis pantalones grises y mi sombrero de hongo? No, eso es imposible. Se reirían de mí. Ella se pondría colorada y le daría vergüenza presentarme. ¡Como que ella iría muy elegante, por supuesto! Es cierto que sus padres me quieren como a un hijo. Su madre y la mía se trataban como hermanas. Yo aprendí a leer junto con ella. Nos hablamos de tú. Mayor confianza no puede ya existir entre nosotros. Pero siempre, un amigo mal vestido, en sociedad, es un ridículo. Deben respetarse las preocupaciones. No, decididamente, yo no voy con ella.

Todo esto lo pensé en un solo instante, y respondiendo a la pregunta dije:

—Gracias, Luisa. De buena gana acompañaría a Uds.; pero ya ves que...

—Nada, deje Ud. el estudio, caballero. No han de reñir los libros porque Ud. los abandone en una sola noche. ¿Al fin no da lo mismo pasar dos horas en el teatro que aquí o en otra parte?

—No es eso, Luisa, sino que precisamente tengo que ir esta noche a...

—Vamos a ver: ¿adónde?

—A la casa de uno de mis maestros, que está enfermo, y que ayer mismo me mandó llamar para comunicarme una orden de importancia.

—Pero, hombre de Dios, no me acabas de decir "hasta la noche"?

—Sí, pero porque confiaba en venir algo más tarde que lo de costumbre.

—Eso es, hoy vas a velar al buen señor que probablemente no tiene madre, ni mujer, ni hijos, ni sobrinos, ni primos, ni parientes, ni otro arrimo en el mundo más que el de tu interesantísima persona...

Aquí Luisa soltó una carcajada, mientras que yo, más colorado que un tomate, estrujaba con mis manos sudorosas los desgarrados bolsillos de mis pantalones.

—Vamos, vamos, alguna calaverada tendrá Ud. por ahí pendiente...

—Yo te aseguro, Luisa...

—¡Chit! ¡Calle Ud., don botarate!

—Y en prueba de ello...

—¡Que no tiene Ud. vela en este entierro! ¡Afuera!

Y diciendo y haciendo cerró de golpe la puerta de su tocador, dejándome a mí con una cara que, de habérmela visto en el espejo, me habría muerto de risa o de coraje.

—Luisa... Luisa... ¡adiós, Luisa!

Nada, se había encastillado en su tocador, con la decidida intención de no contestarme. Salgo más que amostazado de la pieza; tropiezo con un costurero que hay en la antesala; doy un soberano pisotón al falderillo que por poco no me arranca la mitad de la pierna de un mordisco; en mi aturdimiento me olvido de despedirme de la señora; bajo en dos saltos la escalera; voy a ponerme el sombrero... ¡Caracoles! en lugar de mi hongo acostumbrado me encuentro con un gorro militar, propiedad seguramente de alguno de los muchachos de la casa; vuelvo a subir, entro otra vez, tomo el sombrero, estoy a punto de derribar con el codo un candelero, me tropiezo en la escalera, bajo por último en dos saltos, atravieso el patio... ¡patatrás! siento de súbito sobre mi sombrero el chorro del agua cristalina; ¡cáspita! el mozo que riega las macetas me ha convertido en un pez! ¡Señor, Señor, qué día! ¡qué día!

Aquí concluye el primer monólogo de Juan Lanas. Si a algún lector le interesa, dígalo francamente, y yo me comprometo a publicar el segundo.

DESPUÉS DEL CINCO DE MAYO[1]

¡Oh fiestas nacionales! ¿Cuándo podremos celebraros de otro modo?

Pocos días antes de esas grandes fiestas, vense en las calles muchas caras nuevas. Todos los ricachos que, durante el año, se consagran exclusivamente a cuidar sus tierras, a recorrer las siembras y a vivir holgada y pacíficamente, sienten la comezón de venir, siquiera por dos días, a México. La niña se olvida del enamorado, que, con sus puños de lustrina y su chaqueta larga, trabaja en el estudio del alcalde. El día de su cumpleaños ha exigido al padre bonachón formal promesa de traerla.

Desde entonces la niña, que ha comprado un calendario de Galván, con su cubierta verde, se entretiene en contar todas las noches los días que faltan para el señalado. ¡Cuántos sueños ha oído y cuántos secretos ha descubierto ese rugoso calendario, que, puesto cariñosamente debajo de la almohada, pasa las noches en el caliente lecho de la niña!

Conforme avanza el tiempo, van siendo mayores las inquietudes de la ambiciosa polla. ¡Cuánto tarda el sol en recorrer su diario viaje! Los días parecen coches alquilones, tirados por caballos flacos, que marchan trabajosamente por calles descompuestas. A veces estruja con impaciencia el pobre calendario, que se desprende de sus manos y cae violentamente al suelo con las hojas abiertas y desencuadernadas. ¿Qué culpa tiene el pobre calendario de que los días caminen tan despacio? Llueve sin cesar y sólo puede salirse de la casa en la mañana.

La niña se recoge en su imaginación, y pasa todas las tardes sentada junto a la ventana, bordando a veces, otras, entregada a la lectura de alguna novela que azuza su fantasía, y las más, mirando caer los trasparentes hilos de agua, que doblan con su peso las hojas de los árboles y brillan como perlas en el musgo.

---

[1] Apareció cuatro veces en los periódicos: en *El Cronista de México* del 16 de octubre de 1880, con título de *Memorias de un vago* y firma de "Pomponet"; en *La Libertad* del 7 de mayo de 1882: *Crónicas color de rosa* y "El Duque Job"; en *El Partido Liberal* de 25 de abril de 1886: *Humoradas dominicales* y "El Duque Job", y en *El Partido Liberal* del 10 de mayo de 1891: *Después del 5 de mayo* y "El Duque Job". En todos los casos formaba parte de un artículo más largo, siendo casi idéntica la parte narrativa de todas las versiones. Publicamos la de 1891 por ser la última que apareció en vida del autor. No sabemos que se haya incluido en colección alguna.

Así pasa la tarde, hasta que el sol acaba de ocultar su último rayo y la criada entra a la habitación, llevando en la mano una palmatoria con su gruesa y larga vela de sebo amarillento. ¡Santas y buenas noches! La niña se levanta; alza del suelo el gancho de madera y el tejido comenzado, que inadvertidamente dejó caer de sus rodillas, y cubriéndose con el rebozo los hombros, sale a recibir a su padre, que vuelve a caballo de sus excursiones.

Se sirve la cena. El viejo, a quien el olor de la tierra húmeda y el ejercicio a caballo han abierto el apetito, devora las tajadas de carne y bebe a grandes tragos un media botella de vino de la Rioja.

Concluida la cena, entra solemnemente el señor cura con su gran paliacate de colores colgado de una cinta muy estrecha, su sombrero redondo de alas anchas y su gran capa negra, trascendiendo de a leguas a tabaco. Media hora después llega el boticario, cubierto por un *plaid* de cuadros y hundida la nariz en un *cache-nez*, cuyos colores no se pueden adivinar fácilmente. Reunidos ya, la niña saca del aparador la baraja y el plato con habas y frijoles, que les sirven de fichas. Este plato es de porcelana blanca con dibujos de flores alrededor. Está rajado. El boticario baraja los naipes, córtalos el cura, y empieza entre los tres una partida de tresillo.

Mientras tanto, la niña, que tiene un libro abierto sobre la mesa, para fingir que lee, comienza a quitarse las horquillas que detienen la cascada impaciente de sus rizos. Éstos, libres ya de despóticos verdugos, caen en desorden voluptuoso sobre los redondos hombros. Desabotona el cuello de su vestido, y por el hueco abierto deja ver su garganta, blanca y torneada. Entonces pone un brazo sobre la mesa y en el brazo reclina con indolencia la cabeza. Cierra los ojos; el cura dice: 'Está dormida"; pero ella, que escu· a todo, sonríe maliciosamente. ¡No duerme, pero está soñando! Piensa en su próximo viaje, en las peripecias y en los accidentes del camino.

Si la dormida soñadora no ha venido nunca a la capital, se le figura, mitad, como sus amigas le han referido que es, y mitad como describe el novelista que ha leído las grandes capitales de Europa. Es un maridaje de las narraciones exageradas y los cuentos fantásticos. Si la soñadora ha estado alguna otra vez en México, en la Semana Santa, por ejemplo, la cuestión varía de aspecto. Su imaginación abulta las diversiones de que va a gozar; pero al fin y al cabo no son estas diversiones fabulosas, sino perfectamente reales. Ve a su padre bajando con ella las escaleras del hotel, con su levita cruzada, sin abrochar, para que pueda verse la cadena larguísima de oro que enreda caprichosamente en el chaleco, formando un arabesco enmarañado. Oye el ruido de los coches que la aturde; se ase fuertemente al brazo de su padre, temiendo perderse entre la muchedumbre que recorre el laberinto confuso de las calles. Llega la tarde, y desde que suenan las tres sale el padre en busca de un coche para ir al paseo. En ese coche entran cinco o seis personas, y en tal guisa van a la calzada. El carruaje se detiene, y el papá comienza a llamar a todos los dulceros.

En éstas y en las otras pasa la tarde y viene la noche con su gran paseo, bajo los inmortales farolillos venecianos. La niña se pone el sombrerillo de paja amarilla con rosas encarnadas, que la víspera compró en la Primavera. El papá lleva el sombrero alto de las grandes fiestas.

Llega al Zócalo y aquel ir y venir sin tregua, la marea; la multitud y variedad de trajes la deslumbra. ¿Quién será aquel joven que la ha seguido tercamente todo el día?

Aquí llega de sus sueños y sus alegres imaginaciones, cuando una sonora carcajada la hace volver en sí. Es la partida del tresillo que concluye. La niña lanza un suspiro hondo, muy hondo, y dice para sus adentros: "¡Un día menos!"

¡Oh novios provincianos! No permitáis jamás que vuestras novias vengan a México. Nunca lo permitáis ¡oh novios provincianos!

CARTA DE UN SUICIDA[1]

HOY QUE ESTÁ en moda levantar la tapa de los ataúdes, abrir o romper las puertas de las casas ajenas, meter la mano en el bolsillo de un secreto, como el ratero en el bolsillo del reloj, ser confesor laico de todo el mundo y violar el sigilo de la confesión, tomar públicamente y como honra la profesión de espía y de delator, leer las cartas que no van dirigidas a uno y no sólo leerlas, sino publicarlas, ser, en suma, repórter indiscreto, nadie tomará a mal que yo publique, callando el nombre del signatario por un exceso candoroso de pudor, por arcaísmo, la carta de un suicida, que en nada se pareció a los desgraciados de quienes la prensa ha hablado últimamente.

Leía hace pocas noches, en la gacetilla arlequinesca de un periódico, la noticia de un suicidio recientemente acaecido. El párrafo en que se da cuenta del suceso desgraciado, mueve con descaro las campanillas del bufón; refiere aquel suicidio con la pluma coqueta y juguetona que se empleó poco antes en referir una cena escandalosa o una aventura galante de la corte; habla de la muerte con el mismo donaire que usaría para describir, en la crónica de un baile, el traje blanco de la señora X. Trátase de un joven que en el primer día de camino, se postra de fatiga y arroja con desdén el nudoso bordón que le ha servido; de una madre que llora sin consuelo, mirando vacío en el hogar el hueco, aún tibio, que ocupaba su hijo; y todo esto se refiere sencilla y alegremente, con la sonrisa en los labios, saboreando el del-

---

[1] Apareció tres veces en la prensa mexicana; en *El Nacional* del 19 de octubre de 1880, con el título de *Los suicidios* y firmado "M. Gutiérrez Nájera"; en *El Partido Liberal*, 2 de septiembre de 1888, *Humoradas dominicales* y "El Duque Job"; y en la *Revista Azul*, 22 de septiembre de 1895, *Carta de un suicida* y "El Duque Job".

En la versión de 1880 falta un párrafo preliminar de unos diez renglones que se encuentra en las otras dos. En cambio, aparecen en dicha versión unos ocho renglones sobre la peste de la época de Boccaccio, y dos renglones al final, que faltan en las demás.

Al incluir éste entre sus *Cuentos frágiles*, 1883, Nájera empleó la versión periodística de 1880, y los compiladores de las *Obras* de 1898 hacen lo mismo. En la versión periodística de 1888 el autor hizo las alteraciones que hemos notado, y en 1895 los editores de la *Revista Azul* reimprimieron el cuento bajo esta forma. En esta colección preferimos usar la versión de 1888 y 1895, por ser la última que enmendó el autor. También preferimos usar el título que aparece en la *Revista Azul*.

gado cigarrillo que se ha encendido para salir del teatro. Esta nerviosa carcajada, que no es la de Lucrecio al mofarse con ira de sus antiguos dioses; que no es la de Lord Byron al sentir rodeado su espíritu por los anillos recios de las víboras que devoraban el cuerpo de Laocoonte; que no es la de Gilbert[2] al acercarse, circuido de rosas, a la tumba; que no puede compararse a nada de esto, porque no la engendra ni el dolor, ni la duda, ni el escepticismo; me parecía la risotada de un imbécil ante la fosa llena de cadáveres. Y apartando de mi vista la hoja impresa, recordé con repugnancia el *Decamerón* de Boccaccio, apareciendo en los días de la peste de Florencia.

En el monólogo de *Hamlet*, que es un precioso dato sobre la idea del suicidio en el siglo XVI, se perciben claramente los terrores de la duda. Hoy al abrirse las puertas de la eternidad, no se pregunta nadie cuál podrá ser el sueño de la tumba. Se muere con la sonrisa en los labios, paladeando las gacetillas románticas y almibaradas en que se dará cuenta al público del acontecimiento. Nuestro moderno *Hamlet*, después de almorzar suculentamente, no formula el *to be or not to be;* toma el veneno, y si es franco, si es sincero, escribe a algún amigo una carta, como ésta que yo guardo en el más secreto cajón de mi bufete:

> Caballero:
> Voy a matarme porque no tengo una sola moneda en mi bolsillo, ni una sola ilusión en mi cabeza. El hombre no es más que un saco de carne que debe llenarse con dineros. Cuando el saco está vacío, no sirve para nada.
> Hace mucho tiempo, cuando yo tenía quince años, cuando temblaba al escuchar el estampido de los rayos, creía en Dios. Mi madre vivía aún, y por las noches, antes de acostarme, hacía que de rodillas en mi lecho, le rezara a la Virgen. Perdone Ud. que las líneas anteriores casi vayan borradas: cuando pienso en mi madre, las lágrimas se saltan de mis ojos.
> Todavía me parece estar mirando la ceremonia de mi primera comunión. Muchos días antes me había estado preparando para este solemne acto. Yo iba por las noches a la celda de un sacerdote anciano que me adoctrinaba. ¡Cuán pueriles temores solían asaltar mi pobre pensamiento en esas noches! Puedo asegurar que mi conciencia era entonces una página blanca, y sin embargo, la idea de comulgar en pecado me aterrorizaba. Al salir por el claustro silencioso, sólo alumbrado a trechos por una que

---

[2] Nicolás-Joseph-Laurent Gilbert (1751-1780), autor de un poema sobre la muerte titulado *Adioses a la vida*.

otra agonizante lamparilla, andando de puntillas para no oír el eco de mis pasos, se me figuraba que las formas gigantes de prelados y monjes, desprendidas de los enormes lienzos de la pared, iban a perseguirme, arrastrando pesadamente sus mantos y sotanas. Una noche —la noche en que me confesé— todos estos delirios de una imaginación enferma, desaparecieron; salí regocijado de la celda como llevando el cielo dentro de mi espíritu. Ahí estaban los prelados con sus mitras, y los monjes, ceñida la correa, calada la capucha, inmóviles y mudos en los cuadros colosales del gran claustro; pero en vez de perseguirme con adusto ceño, me sonreían al paso cariñosamente. ¡Qué blanda noche aquella! Al amanecer del día siguiente me llegué a imaginar que las campanas repicaban el alba dentro de mi pecho. Parece imposible, caballero, que una superstición y una mentira puedan hacer felices a los hombres.

Hoy me hallo a diez mil leguas de aquel día. Durante este paréntesis obscuro, me he dedicado con empeño y con ahinco a estudiar el gran Libro de la Ciencia. Como una dama después del baile, en el misterio de su tocador, iluminado por la discreta luz de sonrosada veladora, se despoja de sus adornos y sus joyas, así me he desvestido de las sencillas creencias de mi infancia. En cada libro, como las ovejas en cada zarza, he ido dejando, desgarrado, el vellón de la fe.[3] Y ¡es tan triste el invierno de la vida cuando no se tiene ni una sola creencia que nos cubra! Las ilusiones son la capa de la vejez.

Mientras yo creí en Dios fui dichoso. Soportaba la vida, porque la vida es el camino de la muerte. Después de estas penalidades —me decía— hay un cielo en que se descansa. La tumba es una palma en medio del desierto. Cada sufrimiento, cada congoja, cada angustia es un escalón de esa escala misteriosa vista por Jacob[4] y que nos lleva al cielo. Yendo camino del Tabor, bien se puede pasar por el Calvario. Pero imagínese Ud. la rabia de Colón, si después de haberse aventurado en el mar desconocido, le hubiera dicho la naturaleza: ¡América no existe! Imagínese Ud. la rabia mía, cuando después de aceptar el sufrimiento, por ser éste el camino de los cielos, supe con espanto que el cielo era mentira. ¡Ay, recordé entonces a Juan Pablo Richter![5]

El cementerio estaba cubierto por las sombras; bostezaban las tumbas y abrían paso a los espíritus errantes; nada más los niños

---

[3] Compárese Andrés Bello, *La oración por todos:*
  "en los zarzales del camino deja
  alguna cosa cada cual: la oveja
  su blanca lana, el hombre su virtud".
[4] Véase *Génesis*, capítulo 28, versículos 12 a 15.
[5] Jean-Paul Richter (1763-1825), escritor alemán, conocido por su rebeldía contra las reglas de arte y las creencias religiosas tradicionales.

dormían en sus marmóreos sepulcros. Ahí el cuadrante de la eternidad, sin aguja, sin números, sin más que una mano negra que giraba y giraba eternamente. Un Cristo blanco, con la blancura pálida de la tristeza, alzábase en el tabernáculo.

—¿Hay Dios? —preguntaban los muertos. Y Cristo contestaba:

—¡No! Los cielos están vacíos; en las profundidades de la tierra sólo se oye la gota de lluvia, cayendo como eterna lágrima.

Despertaron los niños, y alzando sus manecitas exclamaron:

—Jesús, Jesús, ¿ya no tenemos padre?

Y Cristo, cerrando sus exangües brazos, exclamó severo:

—Hijos del siglo: vosotros y yo, todos somos huérfanos!

A esta terrible voz que descendió rodando por las masas de sombras apiñadas, cerráronse las tumbas con estrépito, los cirios se apagaron de repente, y la terrible noche tendió su ala de cuervo sobre el mundo.

—¡Hijos del siglo, todos somos huérfanos!

¡Cuántas veces, caballero, he repetido en mis horas de angustia estas palabras! ¡Todos somos huérfanos! Mi alma está entumida, y necesita, para seguir moviéndose, el calor de una creencia! Pero he despilfarrado mi caudal de fe, y en el fondo de mi corazón no queda un solo ochavo de esperanza. Soy un bolsillo vacío y una conciencia sin fe. Cuando el saco no sirve para nada, se rompe. Esto es lo que hago.

EL DESERTOR DEL CEMENTERIO[1]

COMO AL llegar la primavera vienen las golondrinas, al llegar el invierno vienen los aparecidos. Noviembre es el gran mes de las resurrecciones. La naturaleza parece como que muere, y el espíritu como que resucita; las hojas se desprenden de los árboles y las almas de los muertos se desprenden de los panteones; en los teatros y en las calles se representa *Don Juan Tenorio;* la muerte da una recepción en cada cementerio, como una dama aristocrática que abre su salón en día determinado; nos vestimos de negro y escuchamos el doble acompasado que cae del campanario; vemos con la imaginación, ese anteojo que alcanza a diez mil leguas y a diez mil años, a todos esos seres que han ido al país de donde nadie vuelve; es la época de las apariciones, de las memorias; la época en que todo resucita, menos los corazones que se han muerto y las bellezas que han pasado.

Pensaba yo el día último de octubre en estas cosas, cuando oí detenerse a la puerta de mi casa algún carruaje. Sonaron pasos en la escalera, abrí la puerta de mi gabinete y halléme desde luego frente a frente de un desconocido. Era un hombre de alta estatura, esbelto y vigoroso, como el Apolo de Belvedere, y altivo

---

[1] Este cuento apareció dos veces en la prensa mexicana: en *El Nacional* del 4 de noviembre de 1880, con título de *Cosas del mundo (Después del coleadero)* y firmado "M. Gutiérrez Nájera"; y en *La Libertad* del 9 de noviembre de 1884, con el de *Crónicas de mil colores* y la firma "El Duque Job". Las dos primeras páginas del texto, hasta el párrafo que empieza "Ahora que la presentación está hecha...", son casi idénticas en las dos versiones. Después de dicho párrafo ocurre, en la versión de 1884, el siguiente:

Parisis, como Uds. comprenderán sin mucho esfuerzo, no buscaba una novia. Los difuntos no se casan. Quería tan sólo recorrer a vuelo de pájaro el cielo de la belleza mexicana. Yo serví de Virgilio a ese Dante de Sèvres y fui mostrándole las hermosuras de primera magnitud. ¿Cuál fue el juicio del célebre Tenorio parisiense acerca de las damas mexicanas? He aquí lo que sabrán de cierto mis lectores, si aguantan con paciencia al martes próximo.

La continuación de "el martes próximo" no apareció, sin embargo, ni en la fecha indicada ni más tarde. La versión de 1880, que es mucho más larga, continúa describiendo la visita del duque de Parisis a un baile en el Palacio, donde admira a muchas de las hermosuras mexicanas que ha vuelto a la vida para ver.

Publicamos el texto de 1880, omitiendo algunos detalles de la descripción y sustituyendo los títulos originales por otro más característico. Que sepamos, nunca ha sido recopilado.

y elegante como Milord de **Brummel**. Un traje negro correctísimo, que todavía mostraba la nostalgia de Inglaterra, cubría un cuerpo de gladiador romano. En la mano izquierda tenía el desconocido su sombrero, de copa alta; y en la derecha una tarjeta blasonada. El sombrero estaba forrado de irreprochable seda blanca, y la tarjeta decía así:

JUAN OCTAVIO,
Duque de Parisis

Hice una caravana al misterioso visitante, abrí de par en par la puerta de mi estudio, y, acercando un sillón, cortésmente le pedí que se sentara. El Duque de Parisis estaba pálido, mortalmente pálido. Una vez colocados frente a frente, me habló de esta manera:

—Caballero, yo soy un desertor del cementerio. ¡Tenga Ud. la amabilidad de no mirarme con esos ojos espantados! Soy un muerto. La vida que hoy disfruto es como la mayoría de los relojes: sólo tiene cuerda para un día. Suplico a Ud., por consiguiente, que no perdamos ni un minuto. Puede Ud. darme la mano sin recelo: antes de ver. a su casa he dado una vuelta por mi tocador, para lavar r .s manos del polvo recogido en el sepulcro y para arrancar d .ni bigote el último gusano. Ya estoy presentable. Mi ·:lar· aguarda pacientemente dentro del guardarropa y he ten...o la precaución de recortar mis uñas. Muerto y todo, me creo aún sobrado capaz de donjuanizar alegremente con las damas. Los grandes descubridores, esto es, los grandes locos, han consumido los mejores años de su vida en recorrer recónditas comarcas. Para mí, la sola comarca digna de explorarse es el reino femenino. Durante mi existencia, tan rápida como la de los fuegos fatuos, fui el capitán Cook de estas exploraciones. No hago a Ud. el agravio de suponer por un momento que ignora mis hazañas. Tuve un historiador que vale más que yo: Arsenio Houssaye. *Las grandes damas,* esa historia de la novela de mi vida, es un libro que está en las manos de todos los gastrónomos de la lectura. Yo soy el héroe de ese libro. Como lo cuenta mi gran historiador, yo morí amando. Pero ¡ay! mi existencia fue muy corta. Sólo conocí una nación: las parisienses. Faltábame admirar el eterno femenino en Asia y en Europa, en Oceanía y América. He renunciado generosamente al África. Lo negro sólo me gusta en dos cosas: en el cabello y en los ojos. Ahora, caballero —Ud. lo sabe ya— soy un cadáver. Pero un cadáver que por extraño privilegio puede andar y vivir un día en el año. El empleo de ese día me ha sido fácil: lo consagro a admirar a las mujeres de distintas razas. Hace un año fui a Persia; hoy vengo a México. Mi único propósito es observar de lejos las bellezas de esta tierra. ¿Pudiera Ud. servirme de introductor galante en el mundo del buen tono?

Yo quiero hacer un juicio crítico y comparativo de vuestras hermosuras. La mujer es el mismo libro en todas partes; pero hay ediciones de lujo. Yo quiero ver esas ediciones.

Confieso francamente que el anterior exordio me dejó pasmado. No creí jamás hallarme en lance tan exótico. A primera vista, el duque de Parisis me pareció un tenor de ópera cómica, que iba a presentarme su credencial firmada por Gostkowski; después, me fue imposible ya dudarlo: aquel extraño personaje era Octavio de Parisis en cuerpo y alma. ¿Cómo negar alguna cosa al aristócrata D. Juan de las historias parisienses?... No hubo remedio. Supliqué a Parisis que me esperara, y pasé a hacer mi *toilette*.

Ínterin abrocho el último botón de mi rebelde guante, permitidme, señoras, que os presente al duque Juan Antonio de Parisis, un muerto vivo. Según su historiador, todos los que estuvieron en la superficie de París durante los años del segundo imperio, le trataron; el conde d'Orsay como M. de Morny, Kalil Bey como M. de Persigny, el duque d'Aquaviva como Antonio de Espeletta. El reino de este personaje, trágico en su comedia mundana, fue efímero; pero su recuerdo vive todavía en más de un corazón mujeril, herido mortalmente. Octavio de Parisis era un D. Juan resucitado, que vivió muy bien para morir muy mal, como todos los don Juanes. Fue el Príncipe encantado de las historias parisienses. Aglomerad con la imaginación, en un mortero mágico, a Alcibíades y a Lauzun, a Richelieu y a Brummel; el precipitado que dé esta absurda mezcla será este gentil hombre, hermoso como un astro, generoso como un rey pródigo, bizarro como la espada de sus padres, y ocultando los músculos de Hércules bajo la forma de Antinoüs. Octavio montaba a caballo como Mackenzie, daba una estocada con la gracia implacable de Benvenuto Cellini, nadaba como una trucha, y luchaba al pugilato como un gladiador romano. Su presupuesto era fantástico e inagotable como la caverna de Alí-Babá. La lista de sus conquistas era más larga que la de D. Juan —¡*mile e tré!*—.

Era una cadena perpetua de mujeres. Andaba sobre el amor, como sobre un tapiz de armiño.

Ahora que la presentación está hecha y el guante abrochado, pasemos adelante. ¡Duque de Parisis, [al baile de] Chapultepec!

La puerta del cupé de Parisis, capitoneada primorosamente, cerróse de improviso con ese ruido seco de los muelles nuevos. Los caballos, de raza pura, hirieron las piedras con sus duros cascos, y partimos. El duque no me infundía temor. Lo singular de la aventura y el hallarme mano a mano con un muerto ilustre, halagaban mi fantasía, sedienta de lo maravilloso. A mí me gusta la elegancia en todo, y Parisis era un muerto de buen tono...

Multitud de carruajes pasaban junto al nuestro, caminando al Bosque. Parisis me ofreció un tabaco que no apestaba a azufre, y apenas había arrojado dos bocanadas de humo, cuando llegamos al lugar de nuestra fiesta...

—¡Duque de Parisis, subamos al Castillo! Dejad que os vaya señalando las estrellas de nuestro cielo y las mujeres de nuestra sociedad. No esperéis verlas a todas. El tohu bohu ha de ser inmenso. Apenas tendremos tiempo para saludar a las amigas. Los altos ahuehuetes, canos y severos, nos forman una guardia de honor hasta el Castillo. ¡Quién sabe si en las guedejas de heno queda todavía algún suspiro, lanzado por un amante en las fiestas del Imperio! Arriba nos aguarda el baile y el bullicio... Una música militar toca a la entrada. Los organizadores de la fiesta reciben cortésmente a las señoras...

—Mientras se arreglan las cuadrillas, permita Ud., señor duque, que le muestre a la Sra. Zayas de Guzmán. Las líneas de su figura, blancas y armoniosas, cantan como una melodía de Gounod. Es la hermosura en toda su fuerza y en todo su esplendor. Una Cibeles, pródiga de vida, menos robusta que si hubiera salido de las manos de Fidias; pero más divina, precisamente por ser más humana.

Clavemos ahora los ojos en esa dama, vestida con un traje elegantísimo, color de paja. Es la Sra. Quintana de Goríbar. Su perfil tiene la gracia de la estatuaria antigua. Su cuerpo tiene las ondulaciones de las olas. Por ahí atraviesa la sala, huyendo del bullicio, la Sra. Idaroff de Iturbe. Si la elegancia desaparece alguna vez del mundo, estad seguros de que la Sra. de Iturbe la ha estancado toda. Saludemos de paso una obra maestra de la estatuaria humana: la Sra. Espinosa de Castañeda y Nájera.

—Señora —dijo el duque de Parisis, inclinándose cortésmente ante ella— ¿está Ud. segura de no haber sido nunca diosa?
—He ahí a la Sra. Rivas de Adalid: es una fiesta para la mirada seguir el juego de su cabellera, las ondulaciones y los serpenteamientos de esas líneas sabias. En aquel ángulo de la sala está la Sra. de Camarena. Sus ojos, altivamente hermosos, atraen como dos abismos. ¿No es un abismo el cielo? Su cuerpo tiene la corrección de la estatuaria griega. Cuando la miro andar, me pienso que la Diana cazadora ha abandonado su pedestal de mármol. La Diana de la vida como la Diana del mármol, lleva siempre su carcax lleno de dardos. Sólo que la estatua lleva las flechas en la mano, y la dama las lleva en sus pupilas.

Otra Cibeles de mármol pentélico: la Sra. de Mariscal. ¡Cómo contrasta la nieve aterciopelada de su cutis con el moreno rostro de esa campesina romana, dueña de dos ojos que son dos diamantes negros: la Sra. Lebrija de Hammeken!

Parisis no me escuchaba ya, y absorto como un artista ante las obras de Rubens y de Holbein, miraba a la Sra. de Bourgeaud. La Sra. de Bourgeaud es una de esas hermosuras arrogantes, que toman nuestra mirada por la fuerza y la obligan a admirar sus perfecciones. Es posible pasar con los ojos cerrados ante la Venus de Costou; es imposible pasar junto a la Sra. de Bourgeaud sin admirarla. Su boca, una concha de nácar, tiene la sonrisa pérfida de la Joconda. Madame Bourgeaud no es madame Bourgeaud, es madame Venus.

Los nudos caprichosos de la cuadrilla se atan y desatan donairosamente. Las señoras casadas y los hombres serios han pasado al comedor. La cena, dispuesta por Recamier, es una obra maestra culinaria. Por desgracia, pocos pudieron apreciarla; el número de los invitados y de los no invitados era de tal suerte grande, que ninguna cocina habría dado abasto para saciar su apetito.

—Mientras suena el cristal de las risas y el choque de las copas en el comedor, pasemos revista a alguna de las damas. Repito que es imposible recordar a todas. Señor duque de Parisis, tengo la honra de presentar a Ud. a las hermosas Sritas. de García Teruel. Ambas visten de blanco, el traje de las diosas y de las estatuas. Es un péplum de mármol puesto sobre sus cuerpos escultóricos. La Srita. Paz García Teruel, con su altivez de reina, pasea la mirada indiferentemente por la sala; se la creería una Juno muellemente reclinada en su carroza de oro, tirada por palomas.

Benvenuto Cellini hubiera sonreído ante la gracia de la Srita. Memé García Teruel. Cuando sus manos se unen donairosamente sobre su cabeza para arreglar los bucles del peinado, semeja una ánfora con asas de alabastro. Cuando anda, parece que los pájaros enamorados han dado alas a sus pies. Podría andar sobre flores sin doblar los tallos. Es una Gracia griega, pasada por el agua parisiense.

El duque de Parisis se ha ido entristeciendo poco a poco. La hora de las ánimas se acerca. La cuerda de su vida se va acabando paulatinamente; y casi ebrio, como el hombre que aspira el primer sorbo de un narcótico y siente venir el sueño irresistible, quiere ver todo, admirar todo, hidrópico de emociones y de vida. Pasemos, pues, ligeramente y en constante mariposeo por los salones. He ahí a la Srita. Elena Fuentes... la Srita. Esther Guzmán... las Sritas. Sevilla... las Sritas. Cervantes... las Sritas. Trinidad Osío y María Luisa Daclós... Saludemos a la Srita. Julia Kern que es una de las damas más inteligentes y discretas de nuestra buena sociedad. ¿Querrá concedernos una pieza de baile la Srita. Cristina Cortina? No, duque de Parisis, no os detengáis ni un solo instante: tendríais que renunciar a vuestro gentil mariposeo. La conversación de la Srita. Cortina es una red de oro con estrechas mallas. Por un privilegio rarísimo, ha ligado dos cualidades que no siempre marchan juntas: la belleza y el talento. ¡Cuán pocas han conseguido esta alianza! ¡Cuán pocas de las que han logrado conseguirla pueden compararse con esa otra hermosura inteligente: la Srita. Lupe Rondero!

Muchas señoras han desertado ya. Las Sritas. Lupe y Trini Nájera, dos violetas de Parma, salieron de la sala al preludiarse los compases de la segunda pieza. Cuando la brisa abre al pasar las anchas hojas que cubren las violetas, éstas, de nuevo, vuelven a esconderse, friolentas y cobardes. La violeta vive oculta en sus hojas, y la perla en su concha, el ángel en sus alas. Octavio, que se había detenido respetuosamente, para dejar el paso a las Sritas. Nájera, volvió otra vez a mi lado. En ese instante pasaba junto a mí la Srita. Romero Rubio.

—¡Así debió ser Ofelia! —dijo Octavio a mi oído.

—¡Así debió ser Mignon! —contesté a Octavio, señalando con la vista a la Srita. Ana Badillo.

Parisis, que ya no escucha ni ve nada, me toma del brazo para que salgamos de la sala. El cupé nos aguarda a la salida del castillo. Sin decir una palabra subimos al carruaje, y los caballos descienden a galope la explanada. Parisis está pálido, mortalmente pálido. Poco a poco, con la mirada fija en las agujas del cronómetro, fue hablando.

—Soy el deseo insaciable, la fuerza loca que lo arrastra todo. En las mujeres he buscado la mujer y en la mujer he buscado el amor, sin encontrarlo. Durante mi existencia, los corazones cayeron cocidos y guisados en mi alforja de cazador. La pasión no acompañó jamás a mis fortunas, tan rápidas como la risa. Enterré mis amores bajo la ceniza del tabaco, entre un suspiro y un epigrama, y arrojé mis antiguas amadas al olvido, como los sultanes de Turquía arrojaban al Bósforo sus odaliscas. Estas víctimas, muertas en el campo del deshonor, me inspiraron compasión parecida a la que experimenta el general por los soldados muertos en la lucha. Como el Sultán Mamoud, tuve trescientas mujeres y no tuve amor. Ahora lo siento; hoy veo que existe; fui como ese viajero de los cuentos árabes, que sólo se despierta por las noches y no conoce más que la claridad de las estrellas. Todas las mujeres que pasaron por mi vida fueron como estrellas perdidas, a millones de leguas de mi alma. En el despilfarro de la vida, todo puede echarse por la ventana, menos el corazón. Pero ¡ay! es muy tarde para darlo. Mirad la faja negra de los árboles, la mancha blanca del castillo, la luz rojiza que sale por sus vidrios. Es la última vez que yo la veo. Suenan las ánimas en el viejo campanario: al escucharse la última campanada estaré muerto. *¡Alas, poor Yorick!*[2]

---

[2] Exclamación del príncipe Hamlet en la tragedia shakespeariana del mismo nombre.

LOS TRES MONÓLOGOS DEL MARIDO[1]

Es una historia de cuya autenticidad no salgo ni saldré garante; pero que o mucho me engaño, o es la historia de un caballero muy conocido en nuestra sociedad. El héroe verdadero de esta crónica no ha recurrido todavía al suicidio: vive sano y bueno, duerme con la tranquilidad de un asesino, e ignora por completo el drama que se está representando a sus espaldas y del que es protagonista sin saberlo. Más todavía; yo creo que nuestro héroe no recurrirá en ningún caso y por ningún motivo al expediente desastrado de poner fin a sus días: es un

---

[1] Apareció en *El Cronista de México* del 13 de noviembre de 1880, como uno de los artículos de la serie *Memorias de un vago*. Va firmado "M. Can-Can". En mi estudio sobre "Gutiérrez Nájera: seudónimos y bibliografía", *Revista Hispánica Moderna*, Año XIX, 1953, anoté que me había sido imposible determinar durante cuánto tiempo el autor de *Memorias de un vago* continuó usando el seudónimo "Pomponet", ya que la colección que de *El Cronista de México* tiene la Biblioteca Nacional carece de los números que van de 28 de agosto, 1880, a 8 de octubre, 1881. Últimamente el doctor Boyd G. Carter, profesor de literatura hispanoamericana en la Universidad de Nebraska, me refirió que su biblioteca universitaria poseía en su colección de *El Cronista* varios de los números que no pude hallar en la colección de la Biblioteca Nacional y tuvo la amabilidad de enviarme copias de las crónicas de Gutiérrez Nájera que aparecieron en ellos. Entre las crónicas se encontraba "Los tres monólogos del marido".

El artículo de *El Cronista* lleva como párrafo preliminar lo siguiente:
> En un coche alquilón, que debía haber ocupado poco antes algún gran violador del domicilio, como Carlos Monselet,* he hallado un diminuto cuaderno de papel color de lila, en cuya página primera se lee el siguiente título:...

Al final encontramos en *El Cronista* el párrafo que sigue:
> FIN
>
> Aquí acaba la historia. No puede negarse que es desconsoladora: por eso mismo sospecho con justicia que es muy cierta. Todo lo triste es perfectamente real. ¡Cuántas intrigas como ésta se anudarán en los próximos bailes del invierno, en el que se prepara con objeto de obsequiar al señor General Díaz, como en el que se dará próximamente al General González, en el gran baile dispuesto por el municipio para recibir al embajador francés y en las tertulias familiares de diciembre! Prometo estar alerta y referir estas galantes aventuras. Sólo temo que la crónica humorística se vuelva una crónica escandalosa. Dios libre a
>
> M. Can-Can.

* Charles Monselet (1825-1888), autor de comedias y relaciones de gran mundo.

hombre incapaz de matar una mosca. En mi concepto, este señor tiene gran parecido con aquel que hacía todas las noches la oración siguiente: ¡Señor, que mi mujer no me engañe, y si me engaña, que yo no lo sepa; y si lo sé, que me resigne! Por lo demás, salvo exclusivamente el desenlace, la historia me parece verdadera. He aquí los tres monólogos.

Monólogo Primero

Antes

Acaba de manifestarme Julia por segunda vez que le fastidio. ¡Fastidiar a mi mujer! He aquí una cosa verdaderamente incomprensible! Será preciso que hable con mi amigo Miramón, un hombre de gran prudencia y de consejo. Pero ¿por qué no habrá venido Miramón en toda esta semana? ¡Él, que tanto se divierte en nuestras tertulias dominicales y que nos acompaña a comer todos los martes!

¡Sentiría muchísimo que Miramón estuviera enfermo!

Mañana mismo iré a su casa. El enojo de mi mujer me va ya dando mala espina y es fuerza que le consulte mi conducta. Él es un hombre de mundo, un calavera, y tiene mucha experiencia. Puede ser que, discurriendo de común acuerdo, lleguemos a atinar con la verdadera causa del mal humor de mi costilla.

Me parece imposible, verdaderamente imposible este enojo. ¡Fastidiar a mi mujer precisamente cuando mi conducta, de tres meses acá, es la de un enamorado! Compré un ajuar enteramente nuevo para la sala. Dos veces en la semana la he llevado al teatro. Le he comprado la *Historia de la Inquisición* en cuatro tomos, con sus cantos dorados. ¡Tenga Ud. luego todas estas delicadezas con su esposa!

Ya Miramón me lo había dicho hace dos años: "¿Conque te casas? ¡Buen provecho! Puede ser que hagas bien; pero puede ser que hagas mal". Tenía razón. Yo debí haberle hecho caso.

No quiere esto decir que me arrepiento de haberme unido a Julia. No, no quiero decir semejante cosa. Julia vale más, mucho más que las demás mujeres. Recibió una excelente educación; sabe lo que es llevar el peso de una casa, tiene un buen fondo; pero... ¡Julia no tiene todo lo que se necesita para hacer feliz a un marido!

No digo nada de su rostro, que es digno de un pincel como

el de Horacio Vernet.² Bajo este aspecto, Julia es infinitamente mejor que yo; lo confieso. Pero la hermosura acaba, y un hombre se conserva mucho más tiempo que una mujer: convenido.

Mi disgusto procede de causas menos fútiles. Me parece que Julia no tiene sensibilidad. Yo perdono todo; pero falta de sensibilidad... ¡eso sí no lo perdono! No, imposible, no puedo yo pasar por semejante cosa. Nada menos la otra noche se lo decía a mi amigo Miramón.

No quiero tampoco que los demás participen necesariamente de mis inclinaciones poéticas. No es fuerza singularizarse en estas cosas. Pero hay un justo medio en todo. Me vienen a la memoria muchísimas pequeñas circunstancias, en las que Julia me ha hecho dudar de su entendimiento. Ayer, por ejemplo, ¿qué sintió oyendo cantar la *Mignon* de Ambroise Thomas?³ Nada, absolutamente nada. Los grandes espectáculos de la naturaleza tampoco la impresionan. Una noche, en que íbamos juntos y del brazo, la hice considerar el infinito número de estrellas que había en el firmamento. —¿No te asombra —la dije, apretándole su brazo— que cada una sea un mundo como el nuestro? ¿Qué mano, di, arrojó esos globos luminosos al espacio?

Julia me contestó que tenía frío y que estábamos muy lejos de la casa. ¡Qué desengaño! Pero ¿qué voy a hacer? El cielo me dio un espíritu sensible y eso no tiene remedio. Si Julia no comprende mi ternura, voy a ser muy desgraciado.

¡Vamos a casa de Miramón!

Monólogo Segundo

En

¡Estaba loco! Julia no me ha querido nunca tanto como ahora. Yo no fastidio a Julia: al contrario...!

Pero, señor, ¡qué día tan agradable hemos pasado en la casa de Miramón! Toda la vida me acordaré de esta preciosa casa de recreo. ¡Y habérseme ocurrido ir con paraguas! ¡Si no es por mi mujer que lo impidió...!

Tuvimos un día espléndido, desde las diez de la mañana hasta las doce de la noche. La cosecha de este año va a sufrir

---

[2] Antoine Charles Horace Vernet (1758-1835), pintor francés, célebre por sus retratos de damas de la corte.

[3] Ambroise Charles Louis Thomas (1811-1896), compositor francés.

las consecuencias. Precisamente el vecino de Miramón, a quien me presentaron, piensa como yo. Pocas veces he tratado a un hombre más espiritual, más amable, más caballero que el vecino. Tuvo la cortesía de enseñarme detalle por detalle, explicándome todas las innovaciones que ha hecho en la agricultura. La agricultura no es mi fuerte, ciertísimo; pero no por esto dejo de comprender que, si el gobierno aceptara sus ideas, ¡otro gallo nos cantara!

Durante nuestra plática, Julia, siempre tan cariñosa, me estuvo preparando una sorpresa. Julia sabe que deliro por las fresas. Pues bien, Julia tuvo la paciencia de andar sola con Miramón, toda una legua, para buscarme fresas. ¡Pobrecita! ¡Con razón la encontré tan colorada!

El almuerzo fue espléndido. Yo no negaría que se me subió un tantito a la cabeza aquel pícaro vino. Pero una golondrina no hace verano. ¡Me veía yo tan feliz entre mi amigo y mi mujer! Después de la comida, bajamos al jardín. ¡Qué fresco estaba!

Miramón iba del brazo de su vecino. Julia y yo caminábamos atrás, a una distancia de treinta pasos. De repente, Julia me apretó la mano casi llorando, y me dijo:

—¡Perdóname!

¡Ángel mío! ¿Yo perdonarla? Pero ¿de qué? La abracé cariñosamente y se calmó! Sin embargo, Julia estaba nerviosa, y hasta que llegamos a nuestra casa me fue imposible arrancarle una palabra.

¡Qué delicioso día!

Monólogo Tercero

Después

¡Engañado...! ¿Quién lo hubiera creído? Miramón decía el Evangelio cuando me decía: "Las mujeres ¡ah! ¡Son buenas o son malas!" ¡Julia! ¡Julia!

No pude conocer al vil amante. Tanto mejor. ¡Lo hubiera yo matado! Dios quiso salvarlo. Así, a lo menos, no me veré perseguido por el remordimiento. ¡Ah! ¡Julia! ¡Julia!

Yo no estaba preparado para semejante desgracia. La vecina, al verme bajar ahora la escalera, me dijo que haría bien en sangrarme. Es cierto; pero ya no quiero nada, no necesito nada. ¡Ah! ¡Julia! ¡Julia!

¿He merecido acaso esta desgracia? ¡Qué desventurado soy!

De niño apenas me atrevía a levantar los ojos delante de una mujer. Cuando una señora entraba a la sala de mi casa, yo iba a esconderme detrás de algún armario. Era un presentimiento: adivinaba yo cuánto había de sufrir por ese sexo. ¡Ah, Julia, Julia!

Yo no he tenido amoríos nunca. Quise conservarme puro para la mujer escogida por mi madre para que fuese mi esposa. Tuvo mala mano... ¡Pobre madre mía! ¿Qué voy a hacer ahora? ¡Yo no he nacido para grandes cosas! Tengo muy chico el corazón. ¡No sentía antes más que amor a Julia! Quise hacerle grata la vida. ¡Ah, Julia, Julia!

¡Ya hice mi testamento! Recomiendo a Miramón que no la pierda nunca de vista y que la cuide. Es un último favor que no podrá negarme! ¡Pobre Miramón...! ¡Ése sí que me ha querido! ¡Ése sí me sentirá! ¡Ah, Julia, Julia! *(Se levanta la tapa de los sesos.)*

HISTORIA DE UNA CORISTA[1]

Carta atrasada

PARA EDIFICACIÓN de los *gomosos* entusiastas que reciben con laureles y con palmas a las coristas importadas por Mauricio Grau,[2] copio una carta que pertenece a mi archivo secreto y que —si la memoria no me es infiel— recibí, pronto hará un año, en el día mismo en que la *troupe* francesa desertó de nuestro teatro. La carta dice así:

> *Mon petit Cochon bleu:*
> Con el pie en el estribo[3] del vagón y lo mejor de mi belleza en la maleta, escribo algunas líneas a la luz amarillenta de una vela, hecha a propósito por algún desastrado comerciante para desacreditar la fábrica de la Estrella. Mi compañera ronca en su catre de villano hierro, y yo, sentada en un cajón, a donde va a sumergirse muy en breve el último resto de mi guardarropa, me entretengo en trazar garabatos y renglones como Uds. los periodistas, hombres que, a falta de Champagne y de Borgoña, beben a grandes sorbos ese líquido espeso y tenebroso que se llama tinta. Acaba de terminar el espectáculo, y tengo una gran parte de la noche a mi disposición. Yo, acostumbrada a derrochar el capital ajeno, despilfarro las noches y los días, que tampoco me pertenecen: son del tiempo.
> Si hubiera tenido la fortuna de M. Perret, mi compañero; si la suerte, esa loca, más loca que nosotras, me hubiera remitido en forma de billete de la lotería, dos mil pesos, ¡diez mil francos! no hubiera tomado la pluma para escribir mis confesiones. Los hombres escriben cuando no tienen dinero; y las mujeres cuando quieren pedir algo.

[1] Esta "historia" se publicó por lo menos dos veces en la prensa mexicana: en *El Cronista de México*, el 26 de febrero de 1881, en la serie *Memorias de un vago*, firmada "M. Can-Can", y en *La Libertad*, el 2 de enero de 1882, *Historia de una corista* y "El Duque Job". Al incluirla en sus *Cuentos frágiles*, 1883, el autor cambió la conclusión. Empezando con "Aquí tampoco hay príncipes rusos", sustituyó la conclusión primitiva de unos doce renglones, que había aparecido en las dos versiones periodísticas, por otra de cinco. Los editores de *Obras*, 1898, y *Cuentos color de humo*, 1917, 1942 y 1948 copian al pie de la letra la versión de *Cuentos frágiles*, que es la que publicamos aquí.

[2] Director, en aquella época, de un teatro de la capital.

[3] Recuérdese el uso de estas palabras por Cervantes en la dedicatoria de *Persiles y Sigismunda* al Conde de Lemos.

A falta, pues, de otro entretenimiento, hablemos de mi vida. Voy a satisfacer la curiosidad de Ud., por no mirarle más tiempo de puntillas, asomándose a la ventana de mi vida íntima. La mujer que, como yo, tiene el cinismo de presentarse en el tablado con el traje económico del Paraíso, puede perfectamente escribir sin escrúpulos su biografía.

No sé en dónde nací. Presumo que mis padres, un tanto cuanto flacos de memoria, no se acordaron más de mí unas cuantas semanas después de mi nacimiento. Todos mis recuerdos empiezan en el ahumado cubil que vio correr mis primeros años, en compañía de una vieja, cascada y sesentona, que desempeñaba oficios de acomodadora en un pequeño teatro parisiense. ¿Por qué me había recogido aquella buena mujer? Jamás pude saberlo, aunque sospecho que en esta buena acción había tenido poquísimo que ver la caridad. Yo cuidaba de la cocina y hacía invariablemente cuantos remiendos eran necesarios en el deshilachado guardarropa de mi protectora. Algunos pellizcos y otros tantos palmetazos eran la recompensa de mis afanes diarios. Comíamos mal y se dormía peor, porque si el espectáculo terminaba después de media noche, y yo esperaba puntualmente la vuelta de la acomodadora, tenía en cambio que ponerme de pie en cuanto el alba rayaba, para aderezar, como Dios me daba a entender, el pobre almuerzo y arreglar los vetustos menesteres de la casa.

Muy pocas veces iba al espectáculo. Mi protectora temía, fundadamente, que el trato con la gente de teatro malease mis costumbres. Pero, conforme iba creciendo, crecían también mis ambiciones. El tugurio en que vivíamos sofocaba mis instintos de independencia y de alegría. Un joven iluminador que vivía pared por medio de mi buhardilla, me había hecho conocer que era bonita. Cumplí diez años; doce, quince, y una mañana alegre de septiembre, lié con precaución una maleta, puse en ella los chillantes guiñapos con que solía vestirme en día de fiesta, y sin esperar la vuelta de Madame Ulises, falta de otra cosa que tomar, tomé la puerta.

Puntos suspensivos.

Si tiene Ud. el hilo de Ariadna,[4] sígame como pueda en el gran laberinto parisiense. Si no lo tiene, ni es sobrado hábil para marear costeando los escollos, confórmese con seguirme desde lejos, cuando aparezca de nuevo a flor de tierra. Víctor Hugo ha dicho:

> En los zarzales de la vida, deja
> Alguna cosa cada cual: la oveja
> Su blanca lana, el hombre su virtud.[5]

[4] En la mitología griega, Ariadna dio a Teseo un hilo, con ayuda del cual éste se escapó del laberinto de Creta.

[5] Puesto que está representando a su protagonista como francesa, el autor

En donde dice hombre ponga Ud. mujer: es una simple corrección de erratas.

Heme de nuevo aquí, ya menos pobre, después de mis excursiones subterráneas. Las puertas de un teatro se abren a mi belleza en formación, y el cielo de las bambalinas cubre con sus harapos mi descoco. El empresario era un hombre gotoso, enfermo y sucio, que pagaba perfectamente mal a todas las infelices figurantas. Con lo que yo ganaba en aquel teatro podía comprar tres pares de botines y algunas cuantas cajas de cerillos. Pero ésta era una cuestión completamente secundaria. Yo no aspiré jamás a vivir, como artista, del teatro. Apenas sabía leer; mis grandes conocimientos musicales hubieran atraído sobre mi cabeza un aguacero de patatas cocidas. O el arte no se había hecho para mí, o yo no había nacido para el arte. Lo único que buscaba en el teatro era a manera de la exposición permanente y bien situada de un aparador aristocrático. Cuando la mujer se resuelve a hacer de su belleza un negocio por acciones, el mercado mejor es un teatro.

Los que nada conocen ni saben de los bastidores, se figuran que la puerta de ese jardín de las Hespérides* está muy bien guardada por dragones y endriagos fabulosos. En ese paraíso... de Mahoma, por supuesto, al revés de todo otro paraíso, es libre la entrada para los pecadores.

Yo, sin embargo, perdida como un átomo en la masa color de rosa de los coros, vivía penosamente, codeada por la miseria y víctima de las privaciones.

Mi belleza magnífica y extraordinaria para el pobre iluminador, mi ex vecino, pasaba inadvertida en aquel teatro, como la pieza de raso, azul o blanco, pasa también inadvertida en la gran tienda llena de encajes, seda y telas de oro. La competencia era temible. Como la esposa de Marlborough desde lo alto de su torre, yo esperaba, no el regreso, sino la aparición de alguno a quien no conocía aún.

Pero ¡ay! ningún príncipe ruso, ningún lord inglés se puso a la vista en esa larga temporada. Yo supongo que los príncipes rusos son unos entes imaginarios que sólo han existido en el cerebro hueco de los novelistas. El dinero se iba alejando de mí, como las golondrinas cuando llega el invierno y los amigos cuando llega la pobreza.

Mi antigua protectora se acordó de mí. Me hizo proposiciones ventajosas, y seducida por sus grandes promesas, vine a América,

atribuye estas palabras a Víctor Hugo. En realidad son de *La oración por todos*, de Andrés Bello, adaptación del poema de Hugo *La prière pour tous*.

* El mitológico jardín de las Hespérides, donde se conservaban las manzanas de oro que Gea dio a Hera, estaba vigilado por un dragón de cien cabezas.

el país del oro. Los yankees, que conocen admirablemente todas las mercancías, con excepción de la mujer, me tomaron por una verdadera parisiense. En Nueva York se cena.

Hay rostros colorados y sanguíneos que valen diez millones y espantosas levitas abrochadas que encierran una fortuna en la cartera. Yo no hablo inglés, pero ellos hablan oro. Para contestarles, bastábame una palabra sola del vocabulario: *Yes*.

Los americanos son los únicos hombres que hablan en plata.

La Habana es un país privilegiado. Hace mucho calor. Los negros sirven para hacer resaltar la blancura hiperbórea de las europeas.

Hay hombres que, a fuerza de vivir entre panes de azúcar, se acostumbran a desmigajar su fortuna como un terrón puesto dentro del agua. Pero la Habana es el país del azúcar y Nueva York es el país del oro. No me habléis de las razas ni de las figuras: no hay hombres más gallardos que los yankees.

Mis impresiones de viaje tocan a su término. Ya estamos en México. Me habían dicho que ésta era la tierra de la primavera. Yo, sin embargo, no la he visto más que en el exuberante corsé de la Leroux y en los ramos que manda comprar todas las noches el director de orquesta. Me esperaba ver correr arenas de oro por las calles, como corrían entre las ondas del Pactolo;[7] por desgracia, no he hallado más que periodistas complacientes, amigos que suelen cenar de cuando en cuando, y elegantes *gomosos* que nos tratan como si fuéramos damas del *Faubourg Saint-Germain*. Es una simple equivocación: *Notre-Dame de Lorette*[8] queda más lejos.

Cada noche me miro cortejada entre los bastidores por una turba de elegantes y de pollos que me hablan con la cabeza descubierta, tirando escrupulosamente el cigarro para no molestarme con el humo. Y todos se disputan mis sonrisas; me dirigen mil flores que trascienden al hotel Rambouillet[9] y —¡oh colmo de los colmos!— hasta me escriben cartas. Los más audaces de ellos suelen invitarme a tomar una grosella o un champagne... vermouth. Me encuentran en las calles, y apartándose corteses para cederme la acera, se quitan el sombrero. Algunos calaveras me han besado la mano.

Aquí tampoco hay príncipes rusos. Pero, en cambio, llevo una completa colección de autógrafos, a cual más precioso. Ésta es la primera ciudad en que me tratan como se trata a una señora. Ya verá Ud. si tengo razón para estar agradecida.

[7] En la antigüedad se creía que el río Pactolo, en el Asia Menor, fluía por entre arenas de oro.

[8] El barrio de Notre-Dame de Lorette, en París, es menos aristocrático que el de Saint-Germain.

[9] Lugar de reunión en París, en el siglo XVII, de un grupo de aristócratas que se interesaban por asuntos literarios.

LA FAMILIA ESTRADA[1]

En los últimos peldaños de una alta y angosta escalera, comienzo de un largo corredor donde se veían numeradas como los nichos de un cementerio, las puertas de pobres y distintas habitaciones, hallábase sentada y sola un niña, al parecer de ocho a diez años, con el codo en la rodilla y en la abierta palma su pálida y hermosa frente.

Sus pies descalzos y su traje en extremo usado, denotaban su pobreza, como la angustia de su alma las abundantes lágrimas que de sus ojos caían.

Daba luz al corredor una enrejada claraboya, por la que pasaban en aquel momento los postreros rayos del sol poniente, que cayendo sobre la apenada criatura, prestaban a sus rubios cabellos visos dorados, esclareciendo su pálido y angelical semblante con una especie de aureola tan fantástica como bella.

Absorta la niña en su amargura, no se apercibió de que abriéndose una de las puertas salía por ella un hombre que al llegar a su lado, se detuvo contemplándola en silencio.

Era el que así la miraba un anciano de sesenta a setenta y cinco años, enjuto de carnes, de elevada talla y severas facciones; aunque había en su semblante tal expresión de tristeza y mansedumbre, que abría las puertas a la confianza a pesar del extraordinario respeto que imponía. Su traje, aun cuando en extremo limpio, denotaba una modestísima posición: levita y pantalón negro, bastante raídos; chaleco del mismo color, abrochado hasta el cuello, y un sombrero de anchas alas, en extremo

---

[1] Se publicó el 2 de abril de 1881 en *El Cronista de México*, titulado *Memorias de un vago* y firmado "M. Can-Can". Usamos el título que parece pedir el asunto.
No ha sido recogido.
En *El Cronista* aparece el siguiente párrafo preliminar:
    El tiempo no es a propósito para ironías y sátiras. La proximidad de la Semana Santa da cierta solemnidad a los sucesos. Los teatros están cerrados como la mano del avaro. Ahora más que nunca si la palabra es plata, el silencio es oro. Los sacerdotes se esfuerzan para lograr sus últimas victorias en el púlpito. Yo tengo tentaciones de revestir mi cuerpo con los holgados pliegues de un manteo, dejar a un lado los cascabeles arlequinescos del cronista y predicar también a mi manera. ¿Por qué no hemos de tener nuestro pequeño cuaresmal? Manos, pues, a la obra. El predicador sube al púlpito y empieza.

usado, que por tenerlo en aquellos momentos en la mano, dejaba descubierta su respetable y blanquísima frente.

—¡Pálida, rubia y casi de su edad! ¡oh! ¡cómo me la recuerda! —murmuró el desconocido observando a la niña, a quien dijo al fin:

—¿Por qué lloras, hija? ¿Se te ha roto algún juguete, o no te lo quieren dar?

—¡Juguetes! —respondió la niña levantando su frente—, jamás los he tenido; y hasta un pajarito que entró un día por la ventana, y que yo quería mucho, me lo mató Jaime en un momento de enfado.

—Entonces ¿por qué lloras?

—Porque a la noche vendrán de la fábrica mis padres y Jaime, y la cena no estara lista.

—¿Te has entretenido en jugar?

—No, señor, pero he perdido el dinero.

—¡Perdido! ¿y cómo?

La niña redobló su llanto, volvió hacia afuera el bolsillo de su delantal donde había una pequeña rotura y dijo entre sollozos:

—¡Cuatro reales!

—¡Válgame Dios! pero no llores, hija; los padres son siempre indulgentes con las faltas de sus hijos, y cuando sepan la verdad, disculparán tu imprevisión.

—Mis padres no me creerán por más que diga.

—Según eso, has mentido alguna vez.

—Nunca, pero a la menor falta se enojan, castigándome sin escuchar mis excusas. ¡Oh! ¡Dios mío, Dios mío! ¿Qué va a ser de mí? Porque he perdido el dinero, además de ser una criatura que no sirvo para el trabajo, que estoy siempre enferma, siendo tan sólo una boca más para mi pobre familia. Harto conozco que les sobra razón para no quererme.

—No llores, hija, y dime cómo te llamas.

—¡Margarita Estrada, tengo once años y vivo aquí! —y señaló la habitación más próxima.

—¡Margarita, también como ella!... Vamos, tranquilízate, toma esta moneda que vale tanto como la que has perdido, y compra la cena de tus padres y ese Jaime que mató al pájaro y que debe ser malo.

—No, señor, mi hermano es bueno, aunque se enfada a veces y me golpea; pero padre dice que más merezco, que soy una holgazana, que para nada sirvo.

—¿Y por qué no trabajas?
—Yo bien quisiera, pero no sé.
—¿Y juegas todo el día?
—Todo no; pero como quedo sola en casa, tengo miedo, y me voy muchas veces a la calle donde me entretengo con otras niñas.
—Mira, Margarita, —repuso el desconocido poniéndose el sombrero—, cuando hayas hecho las haciendas de tu casa, no te vayas a la calle, bájate a mi habitación; es en la primera puerta del otro piso: allí estarás con mi hermana, que aun cuando anciana, como yo, quiere mucho a los niños. ¿Irás, hija?
—¡Pues no! Sois tan bueno y caritativo... —y la niña al decir esto besó arrodillada la mano que la entregaba la moneda.
—Alza, hija, alza; no debe uno arrodillarse sino ante Dios —dijo el anciano con alguna severidad, y levantándola con ambas manos, prosiguió su camino.

Margarita bajó al mismo tiempo la escalera colmando de bendiciones al buen anciano, y arrojando al aire la moneda que había disipado todas sus amarguras.

Siempre fue así la infancia: como el cielo de primavera a una pequeña nube se encapota, y a un soplo de la brisa recobra su hermosa y diáfana serenidad.

Los padres de Margarita se habían conocido en una fábrica donde ambos trabajaban. Él acababa de perder a su madre a quien mantuvo y cuidó desde niño; pensó entonces en contraer matrimonio y eligió entre las mujeres de la fábrica a aquella en quien descollaban más las dos cualidades en él predominantes, y que eran, por decirlo así, la base de su carácter rudo y tosco: el amor a la honra y el cariño al trabajo. Juana Flores, que contaba seis años más que Estrada, y que aunque hermosa había perdido ya la esperanza de casarse, aceptó con gusto el rudo pero franco amor que el obrero le ofrecía, llegando hasta a apasionarse locamente de él.

Un año vivieron bien, poniendo el colmo a su felicidad el nacimiento de un hijo, que llevó, como su padre, el nombre de Jaime.

Cualquiera que sea la posición social de un hombre, no puede menos de recibir con trasportes de alegría al primer hijo que le nace; lo que no siempre sucede con los que le siguen, mayormente si éstos son muchos y los bienes no muy sobrados. Y no se crea esto achaque de nuestra época, pues antes que el cristianismo hubiera creado los cimientos de la verdadera civilización, en algunos pueblos el recién nacido era colocado en el suelo a los pies de su padre, de donde a un gesto de éste se le levantaba para ser vestido y aviado como le correspondía, o abandonado al pie de un monumento o en las zanjas de un camino. Estrada, que a los seis años de matrimonio se encontraba ya con cuatro hijos que aumentaban su pobreza, imposibilitando a su madre para trabajar en la fábrica, si no rechazó como los padres de aquellos tiempos al cuarto ángel que Dios le enviaba, recibióle por lo menos tan mal, que pareció querer cerrarle por completo las puertas de su ternura.

El carácter del obrero se había hecho áspero o irascible con los injustos y continuos celos de su esposa. Ésta, que con un recto juicio y algún tanto de prudencia hubiera podido ser, pues Jaime era bueno y la amó en un principio, la piedra donde se puliesen, ya que no se abrillantasen, las ásperas facetas de aquella naturaleza tosca y ruda, hízola por el contrario más brusca y concentrada, conociendo demasiado tarde el daño que ella misma se causaba. Entonces, viendo amenguar de día en día un cariño, única compensación de su existencia de trabajos y dolores, cambió de método creye. ˙ así recobrar lo perdido, sin comprender que el amor, cuando ha entrado en su período descendente, baja con mayor rapidez que el viajero que se desliza por los helados senderos de una montaña.

Triste consecuencia de la ignorancia de la esposa, que sin comprender los sagrados deberes que el matrimonio impone, y creyendo cumplirlos únicamente con guardar la fidelidad jurada y conservar en toda su pureza la honra del esposo, no mira más allá y no adivina toda la trascendencia, toda la importancia de los elevados fines que como esposa y como madre tiene que cumplir en la familia y en la sociedad!

¡Y cuántas mujeres han sido desgraciadas por esta misma causa! ¡Y cuántos esposos se han degradado entregándose a la corrupción y al vicio, por esa misma fatal ignorancia de las que debieran ser, no sólo las celosas guardadoras de su honra, sino también las consoladoras de su espíritu agitado por las tormentas de la vida, las que con sus caricias y sus sonrisas debían calmar todas sus penas, las que debían ser, en fin, los ángeles de la familia, los ángeles del hogar!

He aquí por qué es necesaria la instrucción de la mujer; he aquí por qué es necesario llevar la luz de la enseñanza hasta las últimas clases de la sociedad; para que la mujer comprenda toda la santidad y trascendencia de sus deberes; para formar buenas madres y buenas esposas, que a su vez formarán buenos ciudadanos.

Pero volvamos a los personajes de nuestra historia. El cambio de conducta de la esposa de Estrada no tuvo para ella resultado alguno; pues el obrero, sin notarlo casi, siguió del mismo modo, aun cuando Juana, por complacerle, se adhería a todos sus caprichos, halagando unas veces y castigando otras, sin justicia ni oportunidad, a los hijos que adoraba.

Veamos ahora la situación de éstos.

Era el primero, hermoso como sus hermanos, de algún talento, pero desidioso y camorrista. Una parienta del padre, comprendiendo los apuros de éste, pagaba la escuela del primogénito y de Inés, la niña que le seguía, muchacha viva, despejada, de temperamento ardiente y de belleza poco común. Dotada esta criatura impresionable y enérgica del más vivo sentimiento de lo justo, que la hacía a la menor arbitrariedad sublevarse contra padres y maestros, y de una naturaleza razonadora y noble, hubiera sido fácil conducirla por la dulzura y la convicción hasta los mayores sacrificios; y sin embargo, la pobre Inés era tratada con excesiva dureza, con severo rigor. Sólo por ese medio creía posible el padre dominar aquel fiero carácter, que como el acero bien templado despedía chispas al menor golpe, y como el cristal hubiera saltado en trozos antes que doblegarse.

A estos dos seguía un niño, que a causa de su delicada complexión había sido amamantado largo tiempo por su madre, por lo que se había encariñado con ella en términos tales, que un halago suyo a los otros hijos le causaba tormentos crueles.

La infancia, cuya felicidad envidiamos, es con harta frecuencia en extremo desgraciada. El niño siente la pérdida de un juguete, con la misma desesperación que un hombre la de su fortuna. El niño consagra por lo común a la madre o la mujer que lo ha criado, tan ciega idolatría, como el joven a la elegida de su corazón.

Pasados los años, volvemos atrás la mirada y contemplamos a la niñez como la edad más feliz de nuestra vida; comparamos los dolores que sufrimos con las infantiles y pueriles penas que en aquella edad nos hacían derramar amargo llanto: la comparación arranca a nuestros labios una sonrisa, y entonces exclamamos: ¡Cuán felices éramos en los días tranquilos de la infancia! ¡nuestras penas, cuán pueriles y pasajeras! ¡cuán tranquilos y sencillos nuestros goces!

Empero, lo que no consideramos es que aquellas lágrimas que en la infancia vertíamos por ligeras contrariedades, por penas pasajeras, eran tan amargas y tan tristes como las que ahora derramamos por la pérdida de nuestras ilusiones, por los desengaños crueles que han agotado nuestra vida; y que el dolor que en la niñez sufríamos por la pérdida de un juguete, torturaba nuestro espíritu de la misma manera que ahora se tortura por la ruina de nuestra fortuna, por la muerte de la mujer amada.

Vemos todo nuestro pasado a través del cristal de lo presente, y no comprendemos cómo en la niñez sufríamos por tan ligeras causas; nos reímos de aquellos pesares infantiles, y quisiéramos volver, si posible fuera, a aquella edad que con tan risueños colores nos pintamos.

¡Quizá mañana nos riamos y nos burlemos de los dolores que hoy sufrimos! ¡Quizá mañana anhelemos volver a la misma edad que hoy nos parece la más dolorosa y triste de la existencia humana, y que entonces se presentará a nuestra vista con toda la magia del recuerdo, con todo el seductor atractivo de lo pasado!

Sólo que en la infancia son las penas como esas nubes que en el verano atraviesan por la atmósfera, encubriendo el azul del cielo, pero que ligeras huyen dejando el firmamento límpido y sereno como el terso cristal de un trasparente lago.

¡Pobres niños! Delicadas sensitivas, la más ligera impresión de dolor les hiere y martiriza; pero eso lloran con tanta amargura; por eso es su llanto tan triste y melancólico.

¡Pobres niños! En su corazón llevan el germen de todas las pasiones, y el germen también de todas las virtudes; su educación es el problema más arduo y de más elevada trascendencia que puede presentarse al estudio del hombre: ¡cuántos cuidados exige! ¡cuánto talento para vigilar el desarrollo de su naciente inteligencia, enderezándola a la virtud y al bien! ¡Qué ternura tan exquisita, cuánta discreción y prudencia para guiar sus primeros pasos en el camino de la vida, para grabar en sus inocentes corazones las severas máximas de la moral, para reprenderles sin que esta represión les hiera y lastime, sin que esta represión vaya depositando en su espíritu gotas de amarga hiel, que después el desarrollo de las pasiones convertirá en impetuosos torrentes de rencor y odio!

¡Pobres niños! Si los padres pensaran en toda la trascendencia de la primera educación, pondrían en ella un cuidado más escrupuloso, sería su constante ocupación el estudiar los diversos caracteres de sus hijos, para educarles así de la manera más adecuada a su índole y naturaleza.

Los celos y la envidia son las crueles serpientes que rodean a la infancia. ¡Guay del niño a quien cercan personas estúpidas que convierten en diversión sus pueriles arrebatos, excitando por juego aquellas malas pasiones que armaron el brazo del primer fratricida! Algunas veces el carácter de una criatura no se desvirtúa por esto, adquiriendo sólo ciertos tintes sombríos; otras hasta su naturaleza física se resiente de ello y se desarrollan penosas consecuencias.

Esto fue lo que sucedió con el tercer hijo del obrero.

Al nacimiento de Margarita, el niño, que aún no contaba tres años y que se vio desalojado de los brazos de su madre, se entristeció de tal manera, que pasaba los días entregado a una continua melancolía: cuando veía a su madre hacer cariñosos halagos al recién nacido, prorrumpía en lastimeros gritos que excitaban la cólera del padre, el cual solía decir: "Pégale o le pego yo para que se enseñe a no ser envidioso". Y la madre, por miedo de enojar al marido, o de que éste castigase con demasiada dureza a la tierna criatura, dábale un pequeño golpe a la menor indicación.

A veces Jaime, que era el ojo derecho del padre, decía acariciando a Margarita:

—¿Ves? madre y padre y yo y todos, no queremos sino a ella.

El niño entonces redoblaba su llanto, lo que divertía al primogénito e irritaba a Inés, originando una reyerta que acababa generalmente con el castigo de la niña, lo cual, agriando su carácter, envalentonaba al hermano acreciendo sus malos instintos.

Estrada, ya lo hemos dicho, prefería este hijo a todos los demás, quizás porque era el mayor y contaba con que fuese con el tiempo el sostén de la familia, como él lo había sido de la suya; o quizás porque el corazón se inclina con harta frecuencia a éste y al otro, sin poder uno mismo definir las razones de ello.

Esta especie de simpática atracción está en la naturaleza humana, y nadie puede reprimirla: lo que sí está en la mano del padre es esconderla en el fondo de su alma, para que no hiera la susceptibilidad de los otros hijos y sea, despertando la envidia y el resentimiento, un perenne manantial de rencillas y disgustos.

A veces, si la madre llevada de la ternura que encerraba en su corazón y que ansiaba desbordarse, cogía al niño y le decía besándole: —"No llores, hijo del alma, que yo te quiero a ti lo mismo que a ellos"—, exclamaba Estrada: —"No lo malcríes, no des alas a su natural envidioso" —y la madre ponía en el suelo al niño que se iba sollozando al más apartado rincón.

Esto se repetía tanto que no pudo dejar de producir su efecto, y la tierna criatura, sin una palabra de consuelo, sin una demostración de cariño, enflaquecía al par que su rostro demacrado y cubierto por una palidez lívida, y sus grandes ojos negros, más brillantes que nunca, denotaban que el pobre niño estaba próximo a la muerte.

Y en efecto, pocos días después, devorado por una fiebre lenta, pasó de la tierra al cielo, sin que ni el hermano ni el padre se apercibieran de la causa de su muerte.

¿Quién va a fijarse en las pasiones de los niños?

¡Son tan inocentes! ¡Son tan felices! ¿Quién cree que un niño puede vivir, con el corazón desgarrado por el dolor, con las lágrimas en los ojos y la muerte en el alma?

Y sin embargo, el hijo de Estrada había muerto de dolor; había muerto porque su vida era un martirio, un incesante sufrimiento. Aquel niño, todo sentimiento, todo amor, que para vivir necesitaba ser amado, sólo había encontrado en sus padres y en su hermano, dureza, rigor, crueldad. Inés fue el único ser que comprendió a su pobre hermano; sin embargo, no podía manifestarle con halagos y caricias su cariño, porque sus padres, creyendo que el rigor y la dureza eran los únicos medios de educar a aquella criatura, cuyos defectos consistían en su extremada sensibilidad, habíanselo prohibido, amenazándola con severos castigos. Y aquella criatura, que se abría, anhelando amar y ser amada, como se abre una flor para recibir el rocío benéfico de la aurora, y que sólo veía a su alrededor semblantes ceñudos y torvas miradas, que ni en su madre misma encontraba esa ternura y ese amor necesarios a su espíritu; aquella criatura que veía que las caricias que a ella se negaban eran concedidas a su hermana menor, a Margarita, que todo el cariño de sus padres era para Jaime y Margarita, mientras que a ella la dejaban en el dolor y el aislamiento; aquella criatura, decimos, herida por el dolor, replegóse como una sensitiva, y sintió levantarse en su corazón infantil la tormenta de los celos, y como una flor privada de rocío, víctima del injusto rigor de sus padres, hundióse por fin en el sepulcro.

¡Y aún habrá quien niegue que un niño puede ser infeliz, hasta el grado de morir de dolor! ¡Y aún habrá padres que traten y eduquen a sus hijos con rigor tan salvaje!

Sólo la triste madre comprendió la verdadera causa de la muerte de su hijo: mas ¡ay! ¡era tarde ya! Indignóse entonces contra su esposo; el ídolo cayó de su pedestal, apareciendo en cambio el hombre con sus buenas y malas cualidades; el hombre honrado y laborioso, pero egoísta por instinto, adusto por carácter, y sin más ley ni razón en el interior de la familia que su propio capricho. Entonces la desgraciada madre concentró toda su ternura en sus hijos, y acriminándose su fatal condescendencia, se atrevió a exclamar en los desahogos de su pena:

—¡Si lo hubieran querido como a Jaime, no hubiera muerto el hijo de mi alma!

El padre sin embargo despreció la queja y siguió en su método de educación.

EL BAÑO DE JULIA[1]

¡V a m o s! ¡Si es imposible que lo creas! Te daría un siglo de plazo para que lo adivinaras. Julia, ¿te acuerdas? la escéptica, la desengañada Julia, aquel Voltaire con faldas que tú y yo conocimos en el invierno pasado, aquella que juró... ya, ya te acuerdas, ¡y cómo no habías de recordarla, ¡a ella! una de las reinas del *highlife,* una de las sultanas de la moda! pues bueno, Julia —aquí vas a soltar una sonora carcajada— Julia se casa dentro de ocho días. ¿No te decía yo bien que el caso era increíble? Apuesto a que has fruncido tus hermosas cejas y a que una burlona sonrisita ha asomado ahora entre tus labios. ¡Ya lo creo! yo mismo pienso que no puede ser, que es increíble lo que estoy contando. ¡Si es cosa de alquilar balcones! Ríe, ríe si quieres: no por eso dejarán los novios de inclinar sus frentes ante el cura. Pero tienes razón: ¿quién va a creerlo? ¡Julia, la encantadora viudita de veinticinco abriles, que en dos meses de vida común había conocido el matrimonio lo bastante para jurar, por todos los ángeles del cielo, un odio inextinguible al santo estado! Todavía me parece ver al sabio varón que Dios le destinó por marido. Alto, escueto, avellanado, frío, de ojos vidriosos, de manos secas y huesosas, una especie de eucaliptus animado, ¿no te acuerdas? Muchas veces, casi todas las tardes, le veías en el paseo, hundido en los almohadones del carruaje, ceñudo, encanijado, formando contraste con Julia, con su esposa, tan joven, tan hermosa, tan risueña, con una frescura de los veinte mayos, con ese no sé qué tan suyo, que la hace, mal que pese a la envidia y los celos, una de las más encantadoras reinas de nuestros salones.

¡Y si supieras con quién se casa! ¡Cuando yo te digo que es todo un cuento azul lo que ha pasado! Tú conoces a Octavio P., aquel chico a quien detestaba tan cordialmente Julia. Por cierto que ninguno ha dado con el secreto de aquella aversión inexplicable. Octavio es todo lo que se llama un *galantuomo.* Rico, gallardo, capaz de sostener una conversación sobre cualquier tema artístico, un hombre, en suma, que habla el francés

---

[1] Se publicó en *El Cronista de México* en tres entregas, el 23 y 30 de abril y 7 de mayo de 1881, titulado *Crónica escandalosa: Por un baño (Cuento de verano),* y firmado "M. Can-Can". Hemos reemplazado el título original por otro más distintivo.

y el inglés como su idioma, que toca regularmente el piano, que entiende un tanto cuanto de poesía, que se viste en la casa de Gougaud, que almuerza en el *restaurant* de Recamier, que tiene un caballo *pur sang*, que va al teatro... dime tú si un hombre como éste es un partido tan absolutamente despreciable! Y sin embargo una enemistad secreta había entre la hermosa Julia y el galante Octavio. ¡Qué guerra aquella tan velada por las sonrisas y las galanterías de los salones! ¡Qué miradas las que se cambiaban al encontrarse en algún baile! ¡Desventurados! ¡Si supieras tú en dónde se encontraron por última vez!... ¡Vamos, si no puedo resistir a la tentación de referírtelo! Mira: está lloviendo y yo acabo de saborear una taza de café. Decididamente, no salgo de casa. Voy a contarte todo, absolutamente todo. Ya verás: es toda una novela y voy a dividírtela en capítulos.

Julia tiene una tía cargada de almanaques y de pesos, tía que, entre otras gracias que no narro, tiene la inestimable de poseer una quinta, un *chalet* deliciosísimo donde pasa invariablemente todos los veranos, en amistoso comercio con las flores. No te diré yo que aquella quinta sea una especie de palacio de Armida, ni que sus jardines puedan compararse con los de las Hespérides, ni con los de Alcinoüs en la famosa isla de Corcyra, ni con los jardines colgantes, que según cuentan, existían en Babilonia, ni aun siquiera con los de Academus y Epicuro en Atenas, o los de Lais, la encantadora Laïs, en Corinto. Nada de eso: allí no hay pomas de oro, ni se encuentra ningún dragón especialmente, a no ser que tú quieras llamar dragón a un perro enorme que, prudentemente encadenado, duerme con el sueño de los patriarcas en la puerta; por lo demás, es fama que ningún Hércules ha asomado la nariz por esos rumbos, y que en materia de Hespérides no existe allí otra ninfa que la tía, la vetusta tía de Julia, con sus sesenta calendarios al coleto, y sus dientes de marfil *movibles* como algunas de las festividades que registra el almanaque. Nada; no hay que buscar allí obeliscos de granito rosa, ni cedros del Líbano, ni avenidas de kioscos colosales, ni estatuas de mármol pentélico, cuyos torsos ciclópeos, vistos desde lejos, destacándose en los vapores y las brumas del horizonte, podrían aparecer ante el viajero como apiñado pueblo de titanes. Nada, allí no hay, que yo sepa, Sírculos ni Mecenas, ni Adrianos, ni Pompeyos, ni Plinios, ni nadie, absolutamente nadie, que pueda, siquiera sea por la espalda, equivocarse con aquellos varones celebérrimos.

Pero en cambio tienes allí una verdadera posesión de la

edad media, una especie de ruina legendaria que la lluvia y los vientos se encargan de ir desnudando poco a poco bajo los espesos árboles de un bosque perfectamente virgen todavía. La vieja marquesa, conviene a saber que la preciosa tía de Julia guarda entre sus pergaminos el raído título de un marquesado, ha dictado las severas órdenes para evitar que los callosos dedos de algún hortelano, poco experto en achaques arqueológicos y artísticos, profane aquel intrincado laberinto, dando, es cierto, mayor orden y simetría a las avenidas, pero a trueque de despojar a aquel palacio del extraño sello que los años, como preciosa reliquia, le han dejado. La verdad es que casi toda un ala del edificio está en completa ruina; los árboles ya tienen puesto un pie en las escaleras, el musgo reviste con su verde tapiz los muros de la alcoba; sólo una avenida puede servir para el tránsito de los carruajes, y, a diestra y siniestra, la enmarañada vegetación del parque, los arbustos no profanados nunca por la hoz del hortelano y las hierbas sobrado espesas y crecidas, hacen más que dificultoso el discurso por los tortuosos prados, a no ser que con ayuda de un nudoso bordón, y con los brazos extendidos siempre hacia adelante, se camine por entre aquel laberinto de follaje, no sin haberse aliñado antes el cabello para apartar el grave riesgo de quedarse suspenso en algún árbol, como aquel rey greñudo y cejijunto que tú y yo conocimos en el Fleury. Por lo demás, el aspecto del parque es delicioso. Enormes troncos, descuajados por el huracán o por los años, cierran aquí y allá las avenidas; los ángulos en que el follaje se entreabre como formando bóvedas, parecen pozos abiertos en el azul del cielo; el heno pende en largas guedejas de las ramas; en la musgosa y agrietada fuente bullen, con un ritmo melancólico, las aguas; por allá se escucha el zumbido monótono de los insectos; acullá el gorjeo de pájaros ocultos en las hojas, y todo esto, las enormes masas del follaje, la casa con sus ligeras torrecillas medio oculta entre los árboles del parque, trascendiendo a no sé qué perfume de voluptuosidad y pereza, algo que, por Dios sabe qué extraña filiación de ideas, recuerda al abate Prévost, a Manon Lescaut, a Luis XV, a toda aquella corte brillante, lujuriosa, extraña, que Arsène Houssaye[2] nos ha retratado tan fielmente en una de sus novelas más espirituales. De tal suerte, que cuando he pasado algunos días en aquella quinta tan hospedadora como quieta, al recorrer a solas los intrincados laberintos del parque,

---

[2] Historiador, novelista y escritor dramático francés (1815-1896).

he sentido algo como un estremecimiento de inexplicable miedo; he imaginado que aquellas Dianas, aquellos Amores, aquellos Hércules de piedra, iban de súbito a arrancarse de sus pedestales, a correr por los senderos escondidos, y que, al hallarme a mí profano, en aquel su dominio predilecto, hollando aquel tapiz de hierba que guarda todavía el excitante olor de los amores de otro tiempo:

"¡Fuera, fuera, profano!" repetirían como las estatuas que por entre *apiñadas calles de sepulcros* persiguieron a Edipo,[3] en días remotos.

Hay sobre todo un sitio singularmente bello en aquel parque: se sigue la avenida que costea la parte izquierda del castillo, se deja atrás la fuente con sus grifos y sus náyades de piedra, y en un ángulo cubierto por espesas marañas de hierbaje, bajo una espesa bóveda formada por corpulentos árboles, se mira semioculta por un *portier* selvático de yedra, una gruta en cuyo fondo se destaca, blanco, silencioso, inmóvil, un amor de mármol, sonriente, con un dedo en los labios, halagüeño, casi casi puede decirse volteriano. El amor es tuerto: el musgo trepando por sus piernas y enroscándose como delgada víbora en su cuerpo, ha cubierto uno de sus ojos con una especie de cortinilla verde que aumenta lo risible y satírico de su fisonomía. Diríase que aquel amor, hundido en el negro agujero de la gruta, con aquel dedo apoyado en sus labios como la severa estatua del silencio, era el guardián de alguna dama enamorada, que durmiendo sueño larguísimo en el parque, esperaba al errante caballero que había de despertarla.

El agua viva, brotando de la gruta, se extiende como un mantel blanco en medio de la planicie; después piérdese en mil hilos de plata por entre las flores. Es aquel un manantial rústico, de fondo arenoso, y en cuyas aguas los árboles gigantes se miraban, el azul del cielo proyectaba una mancha azul en el centro del manantial. Los juncos han crecido; los nenúfares dilatan sus redondas hojas. En la luz verdosa de este pozo de verdura, que parece abierto tanto por arriba como por abajo en el inmenso lago de la atmósfera, no se oye más que la canción del agua, cayendo eternamente con su nota de blanda melancolía. Las abejas zumban monótona y pesadamente. Un tordo se acerca a beber agua, temeroso de mojarse las patas. Un estremecimiento

---

[3] Rey de Tebas, protagonista de dos tragedias de Sófocles (495-405 a. de J.-C.).

brusco de las hojas da al follaje el aspecto de una virgen en el momento de un espasmo, cuando sus párpados se entornan dulcemente. Y en el oscuro fondo de la gruta, la estatua del amor ordena el silencio, el reposo, toda la discreción de las aguas y los bosques, a ese rincón voluptuoso de la naturaleza!

II

Cuando Julia otorga quince días de reposo a su carácter bullanguero, y va a pasarlos con la tía en aquella augusta ruina que los vientos y el tiempo desmigajan, aquel país de lobos se humaniza. Las avenidas se alinean y desembarazan para que las faldas de Julia puedan pasar por ellas. En esta temporada Julia ha traido treinta y dos *mundos* de equipaje. Por supuesto que todas esas maletas fueron traídas a mano, único medio de que llegaran al castillo. El camino de fierro no hubiera podido nunca aventurarse por entre aquellos árboles.

No habría encontrado la salida, te lo juro.

Y además, Julia, como tú lo sabes, es punto menos que salvaje. Yo sospecho que si viene anualmente al castillo ruinoso de su tía, es por aplacar, lejos de los curiosos, su apetito de extravagancias. La buena señora permanece continuamente en su sillón, de manera que todo aquel peregrino y singularísimo dominio pertenece por completo a la traviesa coquetuela, que realiza en la soledad de aquel desierto sus más extravagantes imaginaciones. Esto la alivia. Cuando Julia sale, pasado un mes, de ese agujero, ya puede estarse quieta todo un año.

Durante quince días, ella es el alma, la cariñosa maga de esos bosques. Vestida de gala, se la ve pasear sus blancos encajes y sus nudos de seda por entre los zarzales. Y aun llegan a decir que la han mirado, vestida a la Pompadour, con los cabellos empolvados, descansando muellemente sobre la fresca hierba en el más apartado rincón del parque. En otras ocasiones el jardinero me ha confesado con espanto que ha apercibido a un joven rubio, esbelto y casi mujeril, por entre las intrincadas avenidas. Mucho temo que ese joven, rubio y gallardo, no sea otro que la traviesa e inconstante Julia.

Yo sé que Julia revuelve casa y parque desde la más alta torre a los graneros; sé que husmea desde los sitios más escabrosos y perdidos hasta las salas más viejas y olvidadas, que palpa los muros con sus ligeros dedos, que huele con su nariz pequeña y sonrosada todo aquel augusto polvo del pasado. La he visto ora al pie de las escalinatas derruidas, ora como enterrada en el seno de esos armarios gigantescos, ya escuchando no sé qué vagos murmurios desde la ventana, ya soñando junto al ardiente fuego de la chimenea, acaso deseosa de subir por el angosto y ahumado cañón de viejo plomo, para mirar con ojos propios lo que encierra. Después, después quizá desesperada de hallar lo inexplicable con que sueña, yo la he visto correr por el terrado, por la más clara planicie, buscando siempre, siempre, por salas y por bosques, esa flor de ternura cuyo perfume llega hasta ella dilatando las angostas ventanillas de su nariz perfectamente aristocrática.

Positivamente, como te lo he dicho, las piedras de aquella respetable ruina huelen todas a amor. Tal vez dentro de sus agrietados muros ha sufrido una hermosa durmiente, cuyo aroma conservan cuidadosas las paredes como esos viejos cofres que han encerrado ramos de violetas! Juraría que este olor ha subido a la cabeza de Julia y que la embriaga. Parece que después de haber bebido poco a poco esta copa de amor añejo, Julia, punto menos que ebria, va cabalgando en un rayo de luna a visitar el país nebuloso de los cuentos, dejando que la besen en la frente todos los caballeros que halla en su camino y que intentan despertarla de un sueño de cien años.

A veces despierta lánguida y entonces lleva un pequeño banco al bosque para sentarse. Pero en los días del gran calor su único alivio es bañarse por la noche en el estanque, bajo la fresca techumbre del follaje. Ése y no otro es su retiro. Julia es la hija de las aguas. Los juncos tienen para ella caricias y ternezas amorosas. El amor de mármol sonríe, cuando mira caer las ropas de la niña y entrar su cuerpo blanco al agua, con la serenidad inalterable de una Diana que confía en la soledad y en el retiro. Su único cinturón lo forman los nenúfares. Hasta los peces duermen un discreto sueño. Y cuando Julia nada blandamente con su espalda, tersa y láctea, fuera de las ondas, creyérasela un cisne blanco, que hinchando las flexibles alas, corre sin ruido. La frescura del agua calma sus ansiedades, y Julia pasaría largas horas de tranquilidad en aquel sitio, a no ser por el amor burlón y tuerto, que está siempre riendo en su caverna.

Una noche, a pesar del miedo horrible que le inspiraba aquella sombra fresca, Julia entró a la gruta, y poniéndose de puntillas, pegó el oído a los labios marmóreos del amor, a ver si decía algo.

III

Pero lo horrible del caso es que en esta primavera, Julia encontró su habitación tomada... y tomada por quién! Nada menos que por aquel mismo Octavio, su enemigo mortal, a quien veía con tan malos ojos! Octavio era pariente lejano de la tía de Julia. Sin embargo, nuestra hermosa locuela no desesperó ni un instante de ponerlo pronto en fuga. Desató las maletas, y como si Octavio no estuviera en el castillo, siguió impertérrita e imperturbable sus pesquisas y sus tareas habituales. Durante una semana, Octavio se entretuvo en contemplarla desde su balcón, mientras indolentemente reclinado en el pretil de piedra fumaba un buen tabaco. Por la noche, encontrábanse de fijo en los salones de la tía, pero no más frases punzantes, no más guerra sorda!

Octavio usaba tal cortesanía, que Julia llegó a encontrarle insoportable, y no volvió a ocuparse más de su antiguo enemigo. De modo que Octavio continuó fumando y Julia recorriendo el parque y tomando baños.

A media noche, cuando ya todos roncaban en sus respectivos aposentos, Julia bajaba silenciosamente las escalinatas y dirigíase con cautela a las orillas del estanque. Pero antes, extraviando un tanto cuanto su camino, pasaba junto a la alcoba que habitaba Octavio, y espiando por el ojo de la llave, asegurábase de que ya había apagado la bujía. Entonces, paso a paso, como si fuera una cita de amor, encaminábase al estanque, movida por el deseo sensual del agua fría. Desde que un hombre, ¡y qué hombre!, habitaba ese castillo, Julia sentía un calosfrío de miedo siempre que preparaba su nocturno baño. ¡Si Octavio abriese la ventana y apercibiera entre la fronda oscura la blanca extremidad de alguno de sus hombros! Este pensamiento la estremecía de pies a cabeza, cuando al salir, goteando perlas, del estanque, la luna iluminaba su desnudez de estatua. Cierta ocasión, serían las once de la noche cuando Julia bajó la escalinata mientras todos dormían en el castillo. Aquella noche Julia tenía una audacia inaudita. Al pasar por la alcoba de Octavio detúvose y escuchó en la puerta. Estaba roncando, roncando! Esta sola idea era suficiente para aumentar el menosprecio con que veía Julia a los hombres y el deseo de ir a gozar las caricias del agua fría cuyo sueño es tan quieto y apacible. Julia fue avanzando muy poco a poco, quitándose las ropas una a una. La noche estaba oscura, la luna se levantaba apenas, y el cuerpo blanco de la traviesa niña parecía una figura de marfil sobre una mesa negra. Soplos tibios venidos de los cielos acariciaban las espaldas de Julia como ardientes besos, y ella, cada vez más indolente y voluptuosa, sofocada por el calor, deteníase con placer exquisito en la orilla del estanque, mientras que con la punta de su pie, casi invisible, probaba la temperatura de las ondas.

La luna había subido ya bastante e iluminaba una porción extensa del estanque! Pero, ¡Dios mío! Julia aterrorizada vio, gracias a esta luz inesperada, unos ojos ardientes que la devoraban con miradas que parecían mordiscos. Se deslizó entonces hasta cubrirse con el agua hasta la barba, cruzó los brazos como para atraer sobre su pecho los velos movedizos de las ondas, y con una voz entrecortada por el miedo, preguntó tímidamente:

—¿Quién está ahí?

—Señora, no se asuste Ud., soy yo.

¡Y en efecto era él, era Octavio!

IV

Hubo un silencio formidable. Estaban solos, completamente solos. Las vibraciones concéntricas del agua, que empezaban en torno de las espaldas de Julia, iban a estrellarse y desvanecerse en el pecho de Octavio. Éste, tranquilamente, levantó el brazo, y apoyándose en la rama de sauce, hizo ademán de salir del baño.

—Pero ¿qué hace usted? —gritó Julia desesperada. —¡Vuelva usted al agua, pronto, pronto, no salga usted, yo lo mando!

—Pero, señora, hace ochenta minutos que estoy en este sitio.

—Nada importa: yo no quiero que usted salga delante de mí. Aguardaremos.

La pobre Julia perdía la cabeza. Hablaba de aguardar y no sabía que Octavio sonreía.

—Pero, señora, creo que si usted tuviera la amabilidad de volverme la espalda...

—No, caballero, he dicho ya que de ningún modo... ¿no ve usted la luna?

Y con efecto, la luna había subido otro poco y alumbraba plenamente el estanque. ¡Luna espléndida! Las aguas abrillantadas formaban un espejo de plata dentro del marco negro de las hojas; los juncos, los nenúfares de las orillas proyectaban en las aguas sus sombras finamente dibujadas, cual si estuviesen hechas a pincel y con tinta de China. Una lluvia de estrellas descendía al estanque por la estrecha abertura del follaje.

La corriente del agua murmuraba a la espalda de la pobre Julia en voz muy baja, casi diré burlona. La ninfa se atrevió a convertir sus ojos a la gruta, y vio con espanto que el amor de mármol reía taimada y socarronamente.

Octavio insistió de nuevo:

—¡Si usted me volviese la espalda!...

—No, mil veces no. Esperaremos a que la luna haya bajado un poco...¿no ve usted cómo camina? Y cuando esté detrás de aquellos árboles, podrá usted hacer lo que mejor le acomode.

—Es que para que esté detrás de aquellos árboles falta una hora cuando menos!

—Nada importa: esperaremos.

Octavio quiso seguir insistiendo; mas como al hablar se descubría hasta la cintura, y Julia gritaba de angustia, por cortesanía viose obligado a hundirse en el agua hasta la barba. Tuvo, además, la caballerosidad de no moverse. No había más remedio que permanecer allí frente a frente, en *tête-à-tête*... pero qué *tête-à-tête!* ¡La cabeza rubia, adorable, de Julia, con aquellos grandes ojos suyos, fijos, fijos, en la cabeza delicada de Octavio, en su bigote un tanto cuanto irónico! ¡El amor de mármol reía más descaradamente desde la gruta!

V

Julia se había cubierto enteramente con nenúfares. Cuando la frescura del agua calmó sus ansiedades y pudo más tranquila tomar sus precauciones para pasar esa hora eterna con Octavio, lo primero que observó fue que el agua tenía una limpidez verdaderamente encandalosa. En la arena del fondo veía perfectamente sus pies desnudos. Diríase que también la pícara luna se bañaba y se retorcía en el agua, llenándola con las mil y mil agujas de sus rayos. Era aquel un baño de oro, líquido y trasparente. Octavio —pensó Julia— debe mirar perfectamente mis pies desnudos, y si mira mis pies y mi cabeza... Esta idea le causó calosfrío. Poco a poco fue acercando a su cuerpo las grandes y redondas hojas que nadaban en el agua, y una vez defendida por esta vestidura paradisíaca, pudo estar más tranquila! Octavio concluyó por aceptar estoicamente la situación. No pudiendo hallar una raíz o tronco donde sentarse un rato, se resignó a quedarse de rodillas. La postura era ridícula; pero para atenuar su ridiculez, con el agua hasta más arriba de la barba, como si tuviera la bacía del barbero de los gigantes, Octavio comenzó a conversar con Julia, esquivando por supuesto todo aquello que tuviese relación con su fatal encuentro.

Hablaron del teatro, de los bailes que se preparaban para el invierno próximo... ¡qué sé yo! Julia, que comenzaba a sentir frío, reflexionaba que Octavio podía muy bien haberla visto cuando estaba en la orilla desnudándose. Esto era simplemente horrible. Sólo que tenía algunas dudas sobre la mayor o menor gravedad del accidente. Los árboles proyectaban entonces alguna sombra, y Julia estaba detrás del tronco de una gran encina, que debía haberla protegido mucho. Pero de todos modos, Octavio era para ella un hombre abominable. Le odiaba; hubiera querido que su pie resbalase y que se ahogara. ¡Ah! puedes estar seguro de ello: Julia no le habría tendido la mano para salvarle de la muerte. ¿Por qué, si la miró venir, no dio algún grito para advertir que estaba allí tomando un baño? Esta pregunta se presentó con tanta fuerza a Julia, que no pudo menos de formularla en alta voz, interrumpiendo a Octavio, que estaba discurriendo entonces sobre la nueva forma de los sombreros.

—Pero señora, yo no supe que era usted, ¡sentí miedo! Me figuré que aquel cuerpo blanco era el de una estatua... ¡qué sé yo!

VI

Al cabo de media hora, los dos eran ya grandes amigos. Julia reflexionó que para ir a los bailes se escotaba mucho, y que al fin no tenía nada de malo enseñar las espaldas, sobre todo siendo hermosas. Había salido algo del agua, se había arrancado del cuello las hojas que lo tenían aprisionado, y movía libremente los brazos. Así, con el cuello descubierto, con los brazos libres, semejaba la hija de las aguas, vestida con esa blanda túnica de hojas, que caía detrás de ella como una larga cola de satín.

Octavio estaba conmovido. Sus dientes chocaban unos con otros. Octavio miró la luna.

—¡Qué lentamente marcha! —dijo Julia.
—¡Ah, no, señora, tiene alas!
Julia, riendo, prosiguió:
—Aún nos falta un cuarto de hora.
Octavio se aprovechó cobardemente de la situación.

No pudo más: se declaró; dijo que la amaba desde hacía dos años, y que si le había ofendido alguna vez con chanzonetas, era porque aquel modo de enamorar le parecía más nuevo. Julia, inquieta, tuvo que volver a cubrirse el cuello con las hojas y hundir los brazos en sus mangas improvisadas. Solamente se atrevía a sacar la punta finísima de su nariz de entre aquella capa espesa de nenúfares. La luna la bañaba por completo. Qué hermosa se veía. Pero el agua se agitó de repente y Julia sintió que le llegaba vibrando hasta los labios.

—¡Caballero, por Dios! ¡no dé usted un solo paso!
—Pero, señora, si es que he resbalado... ¡Ah! pero yo amo a usted.
—¡Calle usted! ¡no se mueva, por Dios! ¡Mañana, ahora mismo, pero un poco más tarde, hablaremos de todo eso!... Esperemos a que la luna se ponga detrás de aquellos árboles...

VII

Y la luna se puso detrás de aquellos árboles, y el amor de mármol soltó una estrepitosa carcajada!

STORA Y LAS MEDIAS PARISIENSES[1]

Para vivir ahora en México, como para leer una novela de Zolá, se necesita irremisiblemente llevar cubiertas las narices. Las primeras lluvias han convertido la ciudad en un mar fétido, donde se hospedan las amarillas tercianas y el rapado tifo. ¡Quién estuviera en París! Cuando los primeros chaparrones descargan sobre la ciudad privilegiada —dice Banville— y cuando las primeras brumas, a la vez trasparentes y espesas, rodean su atmósfera, París es abominable y delicioso.

Un barro negro, inmóvil y estancado como las ondas de un lago infernal, extiende su mantel hediondo a donde travesean los pobres fiacres, manchados de pegajoso lodo y semejantes a la piel de tigre, los pesados tranvías y los pedestres caminantes que caen, tropiezan y chapalean en el agua con la actitud grotesca de los saltimbanquis. Toda la población parece una gran caricatura de Daumier o Gavarni. La ciudad, envuelta por un velo húmedo, como Amsterdam o Venecia, toma el aspecto de una agua fuerte con sus feroces sombras y sus chorros de luz pálida, sus contornos confusos y sus droláticas figuras, adrede hechas para expresar el pensamiento extravagante de un artista loco. Los monumentos, desnaturalizados y deformes, distintos absolutamente merced a la bruma que los trasfigura, erizan sus agujas, sus torres y sus cúpulas, como castillos de hechiceros, construcciones indias o castillos góticos. París trasijado por el capricho de las nubes se convierte en una enorme decoración maravillosa que hechiza la mirada; pero el mantel de lodo que extiende a las plantas del transeúnte es espantoso.

Este París, eterna desesperación de los paseantes enjutos, maltraídos y empapados, que doblan la orilla de su pantalón o abandonando toda suerte de esperanza se sumergen resueltamente en los pantanos, es un cuadro admirable para los artistas. Algunos transeúntes, menos resueltos y valientes, permanecen helados junto al brillante aparador de alguna tienda. Otros reniegan y blasfeman como carreteros, al sentir los proyectiles microscópicos de lodo que, disparados por la rueda de algún

---

[1] Se publicó en *El Cronista de México* el 4 de junio de 1881, como parte de un artículo más largo titulado *Memorias de un vago* y firmado "M. Can-Cán". Usamos el título que parece pedir el asunto.
Hasta ahora no ha sido recogido.

ómnibus, se estrellan y deshacen en su cara. En cambio, este suelo lodoso, esos hediondos charcos, son el triunfo de la mujer que marcha, victoriosa, repugnando, como los cisnes, toda mancha. En estos días lluviosos y sombríos, la mujer cursi sale en carruaje; la obrera que está obligada a defender su enagua y su calzado, se consiente a sí propia el despilfarro de subir a un ómnibus; la gran señora de la clase media se creería deshonrada si no alquilara un coche; pero la parisiense, la verdadera parisiense, marcha a pie.

La parisiense, sí, sin distinción de clases, ya sea cómica, loca o gran señora; la mujer verdaderamente bella y elegante, cuyo traje, cuyo peinado, cuya actitud, cuyo sombrero y cuyos guantes, perfectamente restirados sin estar estrechos, forman una armonía de líneas y colores; la parisiense, digo, desafía sin temor al lodo y a la lluvia.

Camina entonces con un paso seguro, rítmico, glorioso, saliendo pura de los charcos, como esas hadas milagrosas que andan por sobre las espigas sin doblarlas. Su irreprochable calzado cautiva las miradas, y sin encogimiento ni impudencia, andan a saltos, a pequeños brincos, mostrando con donaire nada más lo bastante para dar una prueba de su raza, el vigoroso arranque de una pierna esbelta, aprisionada en la tirante media, cuyo tejido espeso ilumina la luz con rayos de oro.

Sí, aquel París fangoso es el triunfo de la mujer, que, toda agilidad y luz, cruza las calles, suelta y garbosa, como la estrofa alada de una oda; y por la misma razón, al propio tiempo, es el paraíso del soñador que sigue a las mujeres.

Yo conocí cierta ocasión a uno de esos piratas callejeros que vivió y que murió en la impenitencia. Era un bohemio, de apellido Stora. ¿Cómo vivía? Era un secreto. Su única habilidad consistía en jugar bien al balero y en componer poesías. De cuando en cuando, los editores, apiadados, le compraban una romanza o un cuaderno de poesías. Con el producto de esas ventas comía algunas semanas. ¡Pobre Stora! Cautivo en una mísera buhardilla, iluminada, o mejor dicho, oscurecida por una angosta claraboya, solía por accidente devorar un mendrugo de pan y dos centavos de tocino crudo, único lujo permitido por la miseria a su apetito. Viviendo entre la soledad y la tristeza, no conocía las monedas de oro más que de nombre y de cariño. Pero eso sí, aquel solitario, privado de todo lujo, de toda fiesta, de todo despilfarro; aquel pobre hongo que calentaba su espalda al sol en el descanso de la escalera interminable, no podía ni un instante permanecer en casa cuando la lluvia descendía a torrentes y el lodo se apiñaba en las aceras. Tomaba entonces posesión de París, y creyéndose dueño de un dominio más grande y rico que el de Salomón, seguía constante a las mujeres.

Clavada la pupila en su calzado, iba en su seguimiento durante el día y la noche, y andando, andando, como el judío errante, miraba desaparecer las plazas y las calles, dejaba atrás los boulevares, se perdía en los cuarteles más oscuros y lodosos, dejando una media azul por una media gris, o una botita de cabritilla negra por un garboso botín de piel dorada. Contento e inconstante, cambiaba a su sabor de diosas, ora siguiendo a ésta u ora a aquélla, tal como la abeja vuela de flor en flor, desdeñando las rosas más galanas. En ocasiones se adelantaba a la mujer que seguía; con una ojeada rápida le miraba los ojos, la boca y el cabello, solamente para cerciorarse de que aquellas gracias correspondían a las que imaginariamente le había dado, y para ver si aquella media, rosa o blanca, estaba bien o mal acompañada. Pero, en rigor de verdad, Stora conocía muy pocas caras. ¿Para qué? Su único afán, logrado ya, había sido conocer y anotar todas las medias de las grandes señoras parisienses. Y ya las reconocía perfectamente, las saludaba como a amigas viejas, e iba tras ellas abstraído y mudo, haciendo provisiones de recuerdos para esos días interminables que pasaba componiendo nocturnos para piano.

Siguiendo esa manía, Stora obtuvo todas las bronquitis y láringitis imaginables. Sin zapatos, seguía encarnizadamente los botines más lindos y coquetos, y si tenía botas, las iba dejando a girones en la calle. Se enfermó del pecho; una afonía estuvo a punto de arrancarle la existencia; su voz podía apenas articular algunas palabras... nada le importaba. ¿Era preciso hablar para seguir las medias rosas, las medias multicolores rayadas en espiral, o las graciosas medias grises con su violeta bordada en una punta?

Sin embargo, como no puede confiarse en nada, ni siquiera en la pobreza, Stora un día se vio obligado a renunciar sus deliciosas caminatas. Un buen hombre le hizo ganar a la bolsa algunos miles, y una vez rico, Stora, por mandato de los médicos, hubo de recorrer Mentor, la Bordighera, Mónaco y Ginebra. Vio los naranjos, los limoneros, los áloes, la mar azul; pero doquiera fue acompañándole una incurable tristeza y una nostalgia profundísima. En aquellos países de sol no llueve sino poco, y cuando llueve las mujeres desdeñan levantarse las enaguas o si lo hacen descubren una pierna flaca y angulosa, de pronunciado empeine, y revestidas por medias sin color e irregulares, —¡Ah!— exclamaba amargamente entonces. —¡Unicamente las parisienses restiran bien sus medias! Y hondamente contristado leía el *Kenilworth* de Walter Scott, envidiando la suerte de aquel Raleigh que en el Londres de antaño, innoblemente pantanoso, tendía su capa de terciopelo a los pies de la reina para que la pisara. No era dado, por desgracia, a Stora, el poder imitar estas locuras; porque, como era consiguiente, cuando volvió a París ni *paletot* tenía! No estaba arrepentido, ni menos aún, curado. Tosía, se sofocaba, pero invariable, seguía perseverante aquellas medias que fueron su perdición y su ruina.

Cierta vez, después de haber seguido, ayuno y bajo una llovizna penetrante, un par de medias parisienses, Stora se desmayó en el dintel de una puerta y fue a despertar en el hospital a donde murió luego. ¡Pobre Stora! ¿Qué príncipe, que millonario, qué Nabab, ha satisfecho sus caprichos como Stora, dueño con la imaginación de aquel París, que su deseo invencible le había conquistado?

¡Pobre Stora!

ALBERTO Y LUCIANA[1]

Estamos en una alcoba de cierta casa que, si el lector quiere, puede hallar en una calle, tan lejana como aislada, que se parece mucho a la de... ¡chito!

No hay nada, absolutamente nada de lo que constituye lo "confortable".

Por todo ajuar una cama de madera pintarrajeada de verde, cuya antigüedad se remonta al gobierno de Santa Ana, y cubierta por una colcha blanca de algodón con listas rojas.

¡Cuando yo digo blanca!...

Un ex-tapete grande como la palma de la mano oculta apenas unos cuantos ladrillos mal unidos y rebeldes, que forman el pavimento de la pieza.

Una silla coja, un sillón destripado, cuyo terciopelo tiene menos cabellos que la ocasión, y un espejo partido por enmedio, completan el mueblaje de este "buen retiro", cuya propietaria, mujer acomodada, según vamos mirando, lo alquila mediante unos veinticinco pesos al mes, para uso particular de un caballero, cuyos mechones rubios dan a su cabeza extraña semejanza con un hueso de mango.

La propietaria llama "su niño rubio" a aquel pedazo de hombre que había alquilado el cuarto, diciéndole tímida y ruborosamente: yo lo quiero para una prima mía, que vive en los alrededores de la ciudad y que suele venir por las tardes a su casa.

La propietaria, por supuesto, adivinó que aquellos eran dos amantes, de esos que se andan por detrás de la iglesia.

Era preciso cobrar caro aquella jaula de dos pájaros. Lo importante para ellos era desorientar al marido. ¿Y qué manera más apropiada para desorientarlo, que buscar un asilo misterioso en esta calle excéntrica?

¿Quién podría sospechar nunca que la hermosa mujer del rico Tal aventuraba en tales sitios su mundana elegancia?

---

[1] Apareció en *El Cronista de México* el 11 de junio de 1881 con el título: *Crónica escandalosa, Infraganti delito* y la firma de "Pomponet". Substituimos el título original por otro más característico.
Que sepamos, nunca ha sido recopilado.

Pero una llave ha girado en la enmohecida cerradura.

Un caballero entra.

¡El niño rubio! Quítase el sombrero, echa un vistazo por la ventana abierta, para asegurarse de que nadie le ha seguido, y luego, mientras llega su adorada, pónese con el mayor esmero a arreglar los preparativos de la recepción.

—¡Va a venir! ¡Caramba! Olvidé traer un paquete de polvos de arroz! ¡Me lo había recomendado tanto! ¡Ya se ve, es necesario! Después de un beso largo... ¡es natural! ¡la piel se pone roja! Felizmente todavía queda un poco en la polvera. Habrá bastante. ¡Pobrecita mía! ¡Cuánto la quiero! ¿Y el agua de Lubín? Esta endiantrada casera, con pretexto de barrer, me pierde todo! ¡la agua de Lubín! ¿Se habrá llevado el pomo? ¡No, aquí está! ¡Qué poquita queda! ¡Ah, Luciana, Luciana! Cuando pienso en que ya van para dos meses nuestros amores! ¡Dos meses han pasado desde que esa estrella arrojó sobre mí, pobrísimo gusano de la tierra... ¡El marido es nada más el que me inquieta un poco! ¡Tiene los ojos tan atravesados! Felizmente hemos tomado muchas precauciones. Rogando de tarde en tarde con empeño la discreción de la señora Cerbero que guarda la puerta de este paraíso...

¡Suben! ¡debe ser ella! ¡Es ella! ¡Ah...

—¡Mi Lucía!

—¡Mi Alberto!

—¡Qué fatigada vienes!

—¿Me tardé?

—¡Tardarte tú...!

—¡Mi Alberto!

—¡Mi Lucía!

—Luego, cuando me apeé del coche, tal creí ver en la esquina de la calle...

—¿A quién?

—Nada, a nadie, fue una idea... creí mirar a un hombre que me espiaba, y como se echó a andar detrás de mí, apreté el paso.

—¿Y era entonces?

—No, no era nada. El hombre aquel pasó de largo.

—¡Ah!

—Pero no hablemos de eso, Alberto. Hablemos de nuestro amor, nada más de nuestro amor.

—¿Me amas mucho?

—¡Que si te amo!

—¡Por ti daría mi vida!
—¡Ah! ¡háblame siempre así!
—¡Alberto!
—¡Lucía!
—¡Yo...!
—¡Tú...!

....

—¡Alberto!
—¿Qué?
—¿Oyes pasos en la escalera?
—Es el vecino que entra.
—No, son muchos pasos.
—Pero ¿qué nos importa?
—Si fuera...
—¿Quién?
—El hombre que nos estaba acechando... Mi marido estaba preocupado esta mañana. Cuando salí, me dijo: "A mamá muchos besos"; pero ¡con un tono!
—¡Ah! ¿te dijo...?
—¡Tocan!
Una voz (afuera). —¡Abrid en nombre de la ley!
Dos voces (adentro). —¡Cielos!
—¿Qué hacemos, Alberto?
—¿Qué hacemos?
—¿En dónde está el polvo de arroz?
—¡Para polvos estamos!
—¿Tienes miedo...?
—¡Miedo yo!
—Estás pálido, estás desencajado. Cuando un hombre pierde a una mujer, caballero, es fuerza que la salve, a precio de su vida!
—¡Perdido a una mujer...! Permítame Ud., señora, que le replique. ¡La imprudencia de Ud. es la que la ha perdido y la que me pierde a mí principalmente!
—¿Y ahora me reprochas? ¡Tú!
—¿Por qué vino Ud., si su marido estaba preocupado?
—¡Calla! ¡Calla! ¡si me inspiras lástima!
Una voz (afuera). —¡Abrid en nombre de la ley!
—Pero ¿va Ud. a quedarse ahí con la boca abierta?
—¿Y qué quiere Ud. que haga?
—¡Está Ud. mirando una ventana, y me pregunta lo que debe hacer!

—¡Echarme de cabeza! ¡No!
—¡Huya Ud., caballero, por las azoteas, por... invente Ud. cualquier camino para no deshonrar a esta infeliz mujer...
—¿Y Ud. piensa que yo no voy a deshonrarme? El ministro me quitará el empleo...
—¡Es Ud. un miserable! ¡Hablarme de su empleo en estos momentos! ¿Cómo he podido amar a un hombre semejante?
—¡Cómo no he resistido a las provocaciones de una coqueta sin prudencia!
—¡Me insulta Ud.!
—¡Las verdades amargan!
—¡Caballero!
—¡Señorita!

(La puerta cae de un golpe. El inspector de policía y el marido entran al propio tiempo que Luciana da un furibundo puñetazo a Alberto).

¡Tableau!

LOS AMORES DE PEPITA[1]

PUEBLA ha sido fatal para los franceses. Allí fueron vencidos por los ejércitos republicanos y allí se casó el soldado Juan Provat con Pepita Romero.

Pepita era hija de una buñolera. Tenía la nariz chata y la boca morada; su color era trigueño; de los negros ojos le salían como ráfagas de fuego; y en conjunto, podía muy bien decirse de ella lo que decía su esposo a los amigos: "No es bella, no, pero es apetitosa".

Pepita nació, sin duda alguna, para representar papeles trágicos.

Tenía todas las condiciones requeridas para una heroína de Echegaray: la prueba es que a los tres meses de casada arañó al marido.

La historia de las infidelidades de Pepita podía escribirse en muchos tomos, como la historia de las Variaciones que escribió Bossuet.[2]

Sólo que sería mucho menos edificante.

Era Pepita una mujer de fuego; una escopeta con el gatillo levantado y dispuesta a lanzar sus proyectiles; un barril de aguardiente en cuya tapa paveseaba una vela agonizante.

En sus ojos podía encenderse un puro.

Desprendíase de su cuerpo un vago olor a horno de panadería, a fragua de herrero, a pasteles calientes, a leña verde puesta al fuego.

Cuando se lavaba, el agua helada, cayendo sobre su cutis ardoroso, chirriaba evaporándose, como si hubiera caído sobre un hierro candente.

¡Sopla...!

¡Eso mismo decía el marido cuando pensaba en semejante petrolera! ¡Sopla!

Pero aquella poblana era capaz de derretir al polo Norte y de volver fogoso al galán joven que trabaja en el Teatro Principal.

---

[1] Apareció en *El Cronista de México* del 2 de julio de 1881, titulado *Crónica escandalosa* y firmado "Pomponet". Hemos reemplazado el título por otro más distintivo.
Hasta ahora no ha sido recogido.

[2] Jacques-Benigne Bossuet (1627-1704), obispo de Condom y Meaux, y distinguido orador sagrado.

Sus pupilas gritaban: ¡quemazón!

Y lo más raro es que no se alarmaba el vecindario, ni mandaban traer las bombas, ni recurrían a los gendarmes.

Nada. El marido, confuso y asombrado, sufría con paciencia las flaquezas de sus prójimos, y se reservaba a colocar este epitafio sobre la tumba de su esposa: ¡aquí fue Troya!

Pepita Romero abandonó su patria y fue a París con los soldados de la intervención.

Pero el cielo castiga, y el soldado que vino a México en son de conquista, conquistó en su mujer una preciosa alhaja.

El infeliz marido tuvo que sufrir una intervención tripartita, de rusos, de alemanes y de ingleses.

Ya perdía la cuenta y todo se volvía conjeturas. Si será éste... Si será aquél... Si será el otro...

Lo cierto es que éste, y el otro, tenían que ver con el asunto.

Provat no luchaba ya con un amante, sino con una sociedad anónima.

La esposa era una mujer universal, traducida a todos los idiomas, impresa a veinte tintas, como el *Quijote* que se publica en Alemania.

Provat llegó a cansarse. También la resignación tiene su límite.

Sorprendió a la mujer en casa de un amante, y la plantó en mitad del arroyo con absoluta indiferencia.

Los dos amantes se formaron un nido, cuyo alquiler costaba dos mil francos al año, y vivieron muy lejos del marido.

Pero éste, a pesar de todo, no podía ya vivir sin su mujer.

Suspiraba por su compañía, como *Mignon* suspira en la ópera por la tierra en donde florecen los naranjos.

Una noche, no pudo resistir a su pasión, y dirigiendo sus pasos a la casa de los cómplices, se dijo para sus adentros: ¡o me mata o yo lo mato!

Como era de esperarse, el joven usufructuario de aquella propiedad que a Provat le costaba su dinero, no quiso desocupar la casa fácilmente.

Rotundamente se negó a devolver lo robado.

Pero Provat, que iba resuelto a cometer cualquier atrocidad, sacó su revólver y mató al amante.

Fue una errata de imprenta: Alejandro Dumas ha dicho: mátala: Provat cambió la postrera vocal y dijo: ¡mátalo!

Yo no soy partidario de esos terribles expedientes. El "¡mátalo!" de Provat es inmoral; el "¡mátala!" de Dumas, es inútil; yo hubiera dicho: ¡mátalos!

El asunto ha pasado a los tribunales franceses, en donde la heroína mexicana está causando furor como el *Iroquois*.

Un periódico, destinado a hablar siempre de las causas célebres, publica algunas cartas del amante, leídas públicamente en el jurado.

Entre éstas hay una peregrina. Dice el amante a su propia madre:

"Todo marcha bien. El *viejo* nos ha dejado descansar algunos días. ¿Puedes tú comprender la increíble tenacidad de este marido que se empeña en quitarme a su mujer?"

Este detalle no tiene precio. Si Ernesto Feydan lo hubiera conocido, lo habría puesto en su *Fanny*.

En efecto, vamos llegando a los calamitosos días en que el amante se encela del marido y va a pedirle una satisfacción.

LAS TRES CONQUISTAS DE CARMEN[1]

Nunca he sido fuerte en derecho: soy jorobado; pero a pesar de eso, me agrada el estudio de la jurisprudencia. Tengo un amigo, juez de primera instancia retirado del servicio, que suele ilustrarme en cuestiones de este género. Anoche tuve el placer de dirigirle por escrito una interpelación, y esta mañana he recibido su respuesta. Como el asunto de que trata es muy interesante, incluyo aquí su carta:

    Muy querido amigo:
    Aunque me tiño, tengo canas. Y hago a Ud. esa observación, porque me falta al respeto preguntándome lo que me pregunta. ¿Ha tenido derecho el señor gobernador del distrito, para prohibir a las mujeres que no son señoras la entrada al jardín público del Zócalo? Contesto afirmativamente. La autoridad puede indisputablemente prohibir esos espectáculos promiscuos, como usted puede, sin que ninguno se lo impida, separar del corral en donde tiene sus gallinas japonesas, los animales que les sean nocivos. Esto es lógico.
    En lo que yo presumo que se equivoca la prensa y el gobierno es en la pretendida importancia de esas desgraciadas. Tienen una reputación usurpada, como esos solterones que pasan por peligrosos desde el período de Santa Ana y son incapaces de romper un plato. Son como el Teatro Arbeu: todos vaticinamos que se incendiaba la primera noche de su estreno, y Villalonga perdió todos sus dientes antes de que el siniestro aconteciera.
    A este propósito, voy a contarle a Ud. mis impresiones personales. Hace sesenta años, tres días, nueve minutos, que este obediente servidor de Ud. arribó a México. Mi padre había puesto en mi cartera de cuero... no de Rusia, tres libranzas de a mil pesos, y me había dicho como en la "Gracia de Dios": *¡Busca tu vida!* Lo primero que yo busqué para ponerme en orden, fue una chaqueta de mahón, dos botas de vaqueta y tres docenas de paliacates colorados. Puse estas provisiones en un gran baúl, cerré el candado, y después de las despedidas habituales, tomé asiento en un enorme coche de colleras, cuyo mayoral tenía todas las trazas de un mendigo. Como mi pueblo estaba a cincuenta leguas de

---

[1] Apareció en *El Cronista de México,* como uno de los artículos de la serie *Memorias de un vago,* el 9 de julio de 1881. Va firmado "M. Can-Can". Usamos el título que parece pedir el asunto.
No ha sido recopilado hasta ahora.

México, tardé mes y dos días en todo el viaje. Llegué a la ciudad cuando ya el sol se había puesto detrás de las montañas: no era noche de luna; sin embargo, las calles estaban completamente a oscuras. Yo, pobre provinciano que no había soltado aún el pelo de la dehesa, sentí que el corazón se me saltaba al divisar las torres de la Catedral, y poner mi planta profana en las losas desquebrajadas de la calle. ¡Estaba en México! Absorto en mis pensamientos y maravillado de mi propia fortuna, me dirigí a la casa de unos tíos, que ya estaban dispuestos para recibirme, y en cuya casa, limpia como una taza de plata, pasé mis mocedades. A los quince días conocía ya como la palma de la mano todas las maravillas que por aquel entonces encerraba la ciudad: el caballo de Carlos IV, el convento de San Francisco, la Catedral, la Inquisición y la Alameda. Entre otras cosas, conocía a una señora de no muy limpia fama, con quien, no sin grandes tropiezos y remilgos, habíame presentado Vicentito, el niño de la casa. Se llamaba Carmen. Malas lenguas afirmaban que su más poderoso arrimo era un cierto oidor —*un certain dervis*— que como casi todos los oidores del tiempo virreinal, solía ser sordo. Sea de ello lo que fuere, lo cierto es que Carmen era todo lo que se llama una real moza. No estaba ya en sus quince. Mi amigo aseguraba que estaba entrada ya en los veinticinco; pero Dios sabe cuántas semanas, meses o años hacía de eso. Su casa, que estaba casi en las afueras de la ciudad, era de lo más lujosa que se podía obtener en aquel tiempo. En la sala había seis sillas de manzanitas con su correspondiente asiento de amarillo tule, y haciendo veces de alfombra recorría la pieza una franja angosta de humildísimas esteras, conocidas vulgarmente con el prosaico nombre de *petates*. Sobre dos rinconeras elegantes, en cuyas columnas no solamente había manzanas sino otras frutas y diversas flores dibujadas, estaban dos pantallas hermosísimas, supremo lujo de aquellas épocas felices. Aquel debía ser algún obsequio del oidor. Todo en aquella casa estaba puesto con un lujo idéntico, desde la cama de madera pintada de verde, con el sacrificio de Abraham en la cabecera, hasta el pañolón de Malinas que Carmen se prendía con exquisita gracia sobre el seno.

Aquellas fueron mis primeras relaciones amorosas. Conservo aún la cuenta; me costaron quinientos doce pesos.

Veinte años después, como en esa novela de Alejandro Dumas que sirve de compendio histórico a nuestros escritores, cuando hablan de Luis XIV o Richelieu, noté que mi hijo —excuso decir a Ud. que yo llevaba veinte años nueve meses de casado— comenzaba a romper el cascarón y a salir por las noches de su casa. Comencé a estar inquieto. La experiencia adquirida, a costa de dinero, me hacía sospechar que aquellas deserciones del hogar doméstico tenían un mal carácter, como las suegras y como las picaduras de alacrán. Y con efecto, algún tiempo después recibí una denuncia, sin timbre, concebida en estos términos:

"Muy querido compañero: ¿Conoce Ud. a Circe? Es una española de importación andaluza, en cuyas redes ha caído su hijo de Ud., Carlitos. Está mareado, y en atención a mis deberes de compañerismo, pongo en conocimiento de Ud. lo que ocurre. Es grave, más grave de lo que parece. La Circe de que hablamos come mucho. Dé Ud., pues, una pequeña tunda al despierto mozuelo, y cinco vueltas a la llave de su arcón.

José".

"Post-data.—La Circe vive en la calle tal, número tantos".

No sé por qué razón no había leído aún en el año de gracia de 41, la novela que Alejandro Dumas hijo, publicó con el nombre de *La dama de las camelias*. Presumo que fue porque no se había escrito todavía. Ello es que yo hice exactamente lo que el padre de Armando Duval con Margarita. Tomé las señas de la casa, y por la tarde, mientras Carlos estaba en el despacho, me dirigí a la calle consabida. Dicho sea para bien de la verdad, la casa no era de tan malas apariencias. A la entrada había un largo callejón, en cuyo centro pendía del techo un mezquino farol, lleno de telarañas, que, en las noches, debía esparcir una luz dudosa y triste. Entré, subí las escaleras, toqué la campanilla de la vivienda número diez y ocho, no sin cuidarme antes de forrar mi mano con el pañuelo, para evitar el roce del cordón grasiento; salió una criada, abrió el postigo, viome, entornó la puerta, y entré con desenfado hasta la sala. El ajuar era de cerda. En las paredes había cuatro o seis cuadros de esos que representan la historia de Atala o las aventuras dramáticas del último Abencerraje, estampas coloridas y encerradas en marcos de madera, con su vidrio verdoso, puesto a modo de defensa, y que hoy suelen hallarse en la alcaidía de algún pueblo rabón o en la sala de algunos baños de a peseta. El espejo que estaba sobre el sofá era bastante grande; tenía una vara de largo y media de ancho. Sonaron pasos, se entornó la puerta, vi aparecer una figura conocida que me tendió los brazos... ¡Era Carmen!

Aquellos amores me costaron más: la factura de mi hijo llegaba a mil doscientos pesos...

Hace cerca de veinte días, señor Can-Can, mi hijo, que ha dado ya a la patria diez muchachos, vino a verme. Estaba compungido y cabizbajo. Su hijo el mayor —que cumplirá por Pascua diez y nueve mayos— le había dado un gran disgusto, pidiendo alhajas de valor en casa de Zivy, en nombre y a cuenta de su asendereado padre. Poco se necesitó para averiguar el paradero de las consabidas joyas. Estaban en el Montepío. Lo más urgente era saber a ciencia cierta en qué había empleado Arturo el valioso producto del empeño. ¿Quién es ella? decía el corregidor nada bobo de que hablan las comedias. ¿Quién es ella? dije yo.

Ella era una mozuela que había enredado diestramente al infeliz tontuelo. El padre, menos piadoso que el abuelo, dio una tunda al muchacho. Pero éste, levantisco e insolente, abandonó la casa paterna, y pasó fuera de ella todo un día. Yo averigüé el nombre y la residencia de aquella nueva Circe y fui a su casa. Es una habitación baja. La pieza a donde entré está amueblada con cierta elegancia. Cuatro grabados y dos cromos adornan las paredes. Los grabados representan a algunas damas vestidas de verano: los cromos figuran el refectorio y la bodega de un convento, con sus enormes pipas de clarete y sus frailes mofletudos y rechonchos. Sobre la consola de madera fina está un espejo, con su gran marco dorado, y en la luna, más o menos veneciana, se refleja un reloj de bronce, cuya figura principal es un amor en traje de baño. Hay un sofá, cuatro sillones y media docena de sillas. En la mesa del centro se levanta un cincelado tarjetero de marfil, y alrededor, amontonados como los burgueses que asisten a unos fuegos de artificio, empinan sus cabezas bien peinadas o cubiertas por el sombrero de amarilla paja, algunos pastores de ópera cómica, hechos con porcelana colorida.

No esperé mucho tiempo. A poco rato apareció la dueña de la casa. Era Carmen. Aquellos amores de mi último descendiente me costaron algo más que los añejos. La consumación, como dicen los galiparlistas de café, ascendía a tres mil pesos.

Calcule Ud., amigo mío, si pueden ser peligrosas esas damas, que han pasado por tres generaciones como los cubiertos de plata y los tápalos de China. Quienes caen presos en sus redes son de seguro tontos... En ese número, caballero, nos contamos mi nieto, mi hijo y yo. Hago a Ud. gracia de las muchísimas razones que podría alegar para poner en claro cómo la ruina de los tontos es buena y conveniente para la sociedad. B. S. M.

C. de Z.

Hasta aquí la carta. No agregaré una frase más. Ya dije más arriba que no puedo escribir sobre derecho: soy jorobado.

LA SOSPECHA INFUNDADA[1]

Estaban ambos en ese momento peligroso del amor, en que, para creer en la propia felicidad, es necesario que los otros se hagan lenguas de ella. Ser dos, no basta: es necesario que los otros digan: ¡sí, son dos! Los corazones buenos, llegado ese momento, han menester un amigo; los malos, un envidioso. Uno de los primeros síntomas de la saciedad es que suele uno verse en el espejo más a menudo que ordinariamente. ¿Por qué? Porque se busca un testigo, y estando eternamente solos, la propia imagen de uno es punto menos que un desconocido. El dúo aspira a resolverse en un terceto. Algunas veces degenera en concertante: sobre todo, cuando se trata de alguna ópera italiana o de amoríos pecaminosos.

Clementina y Roberto no se fastidiaban: ¿era posible acaso que se fastidiaran? Él tenía veinte abriles y ella treinta. Pero, sobre todo, lo que hacía irresistible a Clementina, era el pudor. La castidad, esa niñería sublime, es patrimonio de todas las doncellas inocentes; pero el pudor se adquiere, se conquista. Una joven alzándose la enagua hasta los ojos, es de una castidad suprema. El pudor, ese astuto, enseña apenas la punta delicada del botín. Es una ciencia, un arte. Es el obstáculo oportuno, la negación que consiente, la reticencia de la pasión. Sabe lo que se puede conceder y cómo y cuándo. A los treinta años comienzan las mujeres a tener pudor. Las vírgenes son augustas.

Queda sentado que Roberto no tenía pretexto alguno para fastidiarse. Sumemos a los hechizos perversos de su amada, la seducción enorme de la primavera; los arbustos en flor, el tartamudeo sonoro de las ondas, corriendo bajo las ramas empapadas de los sauces; el molino cantando su canción monótona, y la casa campestre, solitaria, con los rojos ladrillos de su techo y la veleta que rechina por las noches para quitar el sueño a los enamorados; el comedor frugal con sus tarros de crema, y sus fruteros colmados; el gabinete chino formado de bambús y pieles de oso; la terraza toda llena de rosas amarillas, menos puras y castas que las blancas, pero más agradables y sabrosas, como si

---

[1] Publicado en *El Cronista de México* el 23 de julio de 1881, como uno de los artículos de la serie *Memorias de un vago*. Va firmado "M. Can-Can". Substituimos el título original por otro más característico.

Que sepamos, nunca ha sido recogido.

también tuvieran treinta años; los cien escondrijos y rinconadas del jardín, tan a propósito para el alegre travesear de los recién casados; sumad todo esto, digo, y decid luego si era posible que Roberto, a los tres meses de vivir en ese Paraíso, se fastidiara hasta el extremo de pedir misericordia.

Sin embargo, Roberto, que no podía de ningún modo fastidiarse, ya había escrito a Lauro, su mejor amigo, convidándole a pasar una temporada campestre y ver florecer las humildes violetas de los bosques. Lo más extraño es que Lauro aceptó, por más que no se sabe a punto fijo si tenía un interés mayor en ver cómo florecen las violetas. Cuando Lauro, con su maleta de camino, llegó a la casa de los novios, fue recibido con extraordinario regocijo. ¡Figuraos el grande alborozo con que verían un rostro amigo aquellos cenobitas voluntarios que durante tres meses y tres días no habían mirado más figura humana que la de sus criados y la del guarda-camino del ferrocarril, armado eternamente de su bandera roja!

Por añadidura, Roberto y Lauro se trataban como hermanos; de niños, habían jugado juntos en el patio del colegio; de hombres, se habían batido por una mujer a quien los dos amaban. Y fue lo peregrino que el heridor vendó antes que ninguno la herida de su amigo, derramando lágrimas. Roberto, sobre todo, quería de todas veras a su camarada. Por manera que no le guiaba ningún propósito egoísta al invitar a Lauro; no lo hizo por romper la pesada monotonía de un dúo ridículo, ni por hacer ostentación de una esposa tan bella como amante; el pobre novio necesitaba, para ser dichoso por completo, la presencia de su amigo: tras el beso de Clementina necesitaba el apretón de manos de su camarada.

Lauro pagaba la hospitalidad con monedas de gracia y de galantería. Su conversación deslumbraba a Roberto y Clementina, como una enorme rueda de colores, girando en artificio pirotécnico. Habló de los teatros, de las fiestas, de modas, de salones, de adulterios. Roberto, empero, no estaba a sus anchas: mas, ¿por qué? ¿Creía acaso que esa noche no estaba su mujer tan bella como habría deseado? Cuando llega un amigo, se quiere que la esposa aparezca más elegante y seductora que de costumbre. Pero no; Clementina estaba, como siempre, encantadora; mejor acaso que otros días. Sus cabellos inquietos, reciamente atados en sedosos bucles, sufrían el despotismo de un precioso peine nácar; sus ojos eran negros como los de Casandra; y su boca culpable, de ángulos plegados, estaba más escarlata y fresca que otras veces. Su traje era un milagro de blancura; porque era blanco, sí, pero tan blanco como las nubes, con esa blancura láctea y soberana que nunca logran dar los fabricantes ni las lavanderas a la muselina. Una modista hubiera dicho simplemente que Clementina vestía una bata de organdí. Sus hombros mórbidos y sus brazos carnosos se trasparentaban a través del tejido de la tela. A cada instante Clementina levantaba los brazos como si fuera a bostezar, y entonces... ¡oh...! ¡y entonces...! Esto era precisamente lo que malhumoraba a su marido. ¿Por qué no escogió mejor un traje menos trasparente, y en vez de esos bostezos infantiles y de esos movimientos revoltosos, por qué no estaba quieta, con las manos juntas, como conviene a una mujer bien educada?

Luego, fueron al piano... ¿Quiénes? ¿Clementina y Roberto? No; Clementina y Lauro. El marido, el feliz, el dueño, el amo, permaneció en su asiento, contrariado, escuchando romanzas y canciones. Clementina le había dicho al oído:

—Es simpático tu amigo.

Y Lauro:

—¡Tu mujer es adorable!

Pero esto no era suficiente. La intimidad que había soñado no era precisamente la que estaba viendo. Hubiera preferido —con injusticia ciertamente— que se ocupasen menos de ellos y más de él. Y por añadidura, aquella extremada franqueza con que se trataban, no era de su gusto. Francamente, aquel estar como escondido en un rincón, mientras los dos hablaban bajo en el piano, le parecía molesto y repugnante. Luego ¿y todo por qué? vamos a ver. Por cantar un dúo monótono e insoportable que Roberto había cantado con su esposa muchas veces, y en el que Lauro desafinaba horriblemente.

—¡Celoso! —dijo Lauro al ver el ceño adusto de su amigo.

Es fuerza confesar que Roberto tenía en ese momento una perfecta cara de despide huéspedes. Hizo un esfuerzo; sonrió contra su voluntad, e hizo un gesto tan peregrino y tan ridículo, que Clementina no pudo menos que exclamar al verlo: —¡Tonto! ¿Quiere Ud. que le riña? ¡vamos, malo, vaya Ud. a cortarme un ramillete!

¿Qué hizo Roberto? Fue a cortar las rosas: seriamente hablando, estaba muy lejos de presumir que su mujer le traicionaba. No podía poner en duda ni por un momento la virtud de Clementina, y la lealtad de Lauro. Porque Roberto no era un tonto. Comprendía perfectamente que el pretexto del ramo había sido un ingenioso expediente concertado para excitar sus celos y mofarse de su inocencia bonachona. Pero Roberto no era un tonto. Cualquier marido se hubiera alebrestado; él, al contrario, quiso probarles que no caía en su red ni en sus trampas. ¡Pues no faltaba más! Bajó al jardín y se puso a cortar rosas. Lo que lo hacía refocilarse y sonreír con malicia era la increíble torpeza de su mujer y de su amigo. Para excitar sus celos, le enviaron al jardín con cajas destempladas, y los necios no advirtieron que, desde la terraza, podía observarse escrupulosamente cuanto pasaba dentro el gabinete. ¡Qué falta de inventiva! Querían darle una lección: eso era claro; ¡mas de qué modo tan mal zurcido y torpe! Esperando, cortaba rosas y rosas, tendiendo de cuando en cuando la mirada al gabinete cuyo interior se veía a través de los cristales.

Allí estaban... estaban en el piano... cantando el mismo dúo. Poco después, Clementina se levantó, se acercó a la ventana, y cerró las persianas.

¡Vamos! ¡Esta broma era ya más ingeniosa! Nada —dijo Roberto— ahora no entro. Es fuerza que no se mofen de mi credulidad y de mis celos. Y Roberto siguió cortando rosas, rosas... La verdad es que no estaba muy tranquilo. Sabía de cierto que su mujer y su amigo eran incapaces de ofenderle en lo más mínimo. Pero de todos modos, hubiera preferido que no pasara este ridículo episodio. Debían estar seguros de su obediencia para tratarle de esa suerte. Y además, corría el tiempo que era un gusto. Una hora hacía que estaba en la terraza, paseando de arriba abajo, en espera de que Clementina lo llamase. Un detalle: ya no sonaba el piano.

Intentó resistir, pero no pudo. La sospecha, clara y neta, se presentó a sus ojos. Quisieron ponerlo en ridículo; pues bien, lo habían logrado. Ya estaba celoso. Ardía en impaciencia y hubiera dado un año de su vida por mirar lo que pasaba detrás de las persianas. Aquella caminata eterna le era insoportable. Dieron las dos y media... ya no pudo más. Subió la escalinata, atravesó la alcoba, el comedor, la sala, y ramillete en mano, se detuvo a la puerta del gabinete. —¡Tonto! ¡tonto! —se decía Roberto. ¡Dudar de Clementina que se mira en las niñas de mis ojos, que esta mañana misma mojó una sopa en mi chocolate! ¡Dudar de Lauro que fue mi condiscípulo, que me quitaba de niño las canicas y de joven las novias! ¡Vamos! ¡Soy un tonto!

Y entró.

A fe que hizo muy bien. Todas sus infantiles sospechas se desvanecieron al mirar aquel cuadro de inocencia: ella sentada en una silla baja; él algo lejos, reposando en el taburete del piano, los dos tranquilos, satisfechos, sonrientes, hablando de teatros y paseos; él, bien peinado; y ella tan pura, tan gentil, tan vaporosa, con esa bata blanca de organdí, cuyos pliegues rectos se hubieran rugado y roto con el más leve contacto...

¡Rayos y centellas...! ¡Se había cambiado el traje...!

ELISA LA ÉCUYÈRE[1]

MIENTRAS la Noche Buena alegra nuestras calles y la ópera bufa fija sus grandes cartelones amarillos, los que no concurrimos a posadas ni nos deleitamos con las notas altas de Camero, escondemos nuestro fastidio y nuestro tedio en el Circo Orrin, mirando los descoyuntamientos del payaso, las formas más o menos monstruosas de las *écuyères* y los fornidos brazos acrobáticos. Mi amigo Montjoyeu, un parisiense de raza pura, me hablaba la otra noche de las maravillas y de los esplendores del Circo en París.

Quiero contarte, me decía, la vida de la primera *écuyère* que ha visto el mundo, esto es, de Mlle. Elisa.

Se puede ser la amiga de la emperatriz de Austria; puede pasarse por planeta de primera magnitud en el cielo de las artes y en el de los oficios; se puede ser una artista ecuestre, llamada y escogida en los mundos más cerrados y en los salones de doble cerrojo, sin ofrecer no obstante el menor pasto a ciertos apetitos de psicólogos aficionados. Y no sé si me haré comprender bien de todos, pero con seguridad obtendré el asentimiento de gran número de conocedores; se puede ser Océano y ño ser *una mujer*.

La Srita. Elisa es una mujer.

Elisa conoció, desde que tuvo los primeros dientes, esa desgracia insigne, siempre rara en su sexo y casi siempre reveladora de una alma elevada: tener una vocación. Vocación vaga al principio, naturalmente, y que jamás deja de traducirse, apenas ha brotado, por el horror del medio impuesto y de la carrera normal. Todos, poco más o menos, han conocido esas agitaciones. La coqueta cuya fisonomía perfilo tenía más de un motivo conducente para querer sustraerse a su destino. Era austríaca, romántica y nieta de un gran fabricante de jabones. Su opinión sobre los jabones era inmutable; con un pan por semana se pueden tener las manos blancas como armiño. Como

---

[1] Se publicó solamente una vez: en *El Cronista de México* del 24 de diciembre de 1881, bajo el título de *Memorias de un vago* y firmado "M. Can-Can". No conocemos ninguna recopilación en que haya aparecido. Además de reemplazar el título original por otro más distintivo, hemos corregido algunos errores de bulto.

austríaca, tenía el hechizo de sus compatriotas, la sangre hirviendo y el diablo en la mirada. Romántica, dejábase arrastrar por el vuelo huracanado de un sueño infatigable. Como las nubes que ruedan al azar y a la merced de todo viento hacia tempestades próximas o hacia horizontes libres, así gozaban sus pensamientos de niña en anchos círculos, en los que todo brillaba, todo chispeaba llamas medio vistas, fuegos fatuos imaginados en el aire, como por encanto, en esa joven vida ya monótona y vuelta hacia mucho del viaje que aún tenía que emprender.

Sus amiguitas la adoraban. Era para ellas una entidad dominadora. Durante las blandas horas de recreo se formaba un círculo a su rededor para oírla charlar y entretenerse con sus chismes. Las historias de la víspera, desmesuradamente aumentadas por los sueños llenos de imágenes, querían ser seguidas de historias más maravillosas todavía. —"Vamos, cuéntanos alguna cosa".— Y la relatora, con ojos ardientes, atravesados como agujeros negros por el fuego interno, dejaba correr su palabra de fiebre; todo pasaba allí, por entre aquellos labios que pronto se ponían secos, todo; rápidas visiones, dramas minúsculos, reyes y reinas con suntuosos trajes de oro, mundos enteros vestidos de claridad. Sin contar lo que saltaba, de vez en cuando, de su cabeza loca a su boca grave: improvisaciones de deseos, concepciones de realidades sobrenaturales, un chorro de grandiosidades cómicas, todo esto semejante a girones de púrpura, remendados, valiere lo que valiere, pero con esa seda fina de la poética Alemania.

El padre y la madre no decían nada.

Seguían, en Troeplitz, sosteniendo su comercio confiando en el tiempo, en ese gran incrustador de plomo en los cerebros. Los negocios marchaban holgadamente, y aun cuando master Pezold hubiese perdido buen dinero en comanditas, Isabel,[2] bien educada, gentil y rica, hallaría fácilmente un partido: aquella soñadora sería la perla de las esposas.

Las necesidades de una industria trashumante llevaron la familia Pezold a Dresde. El famoso Circo Reuz daba allí representaciones. La Srita. Adelina Loysset, tía de la futura princesa de Reusse, se hacía aplaudir en esa compañía escogida, y era,

---

[2] El autor ha empleado hasta aquí el nombre de "Elisa"; en el resto del cuento alternará ese nombre con el de "Isabel". Quizá la alternancia tenga su explicación en que "Elisa" es abreviación de "Elisabeth", equivalente alemán del español "Isabel".

por añadidura, íntima amiga de la madre de Elisa. Una noche, después de la comida, llevó consigo a la chiquilla.

¡El rayo descendió! —"¡Seré cirquera!"

Desde entonces no la pudieron arrancar del Circo. Se asía de la falda de Adelina Loysset, bajaba a las caballerizas, a los palcos; encogió su sueño para colgarlo de los clavos en que lucían, bajo la luz del gas, los *maillots* pajizos y los crujientes corpiños. Bueno o malo, era ése en algunos puntos su mundo, el mundo de sus sueños. La silla plana, de brocados pesados y colgantes, como un dosel, llegó a ser su trono ambicionado; ciñó como corona una aureola de papel picado; y jamás en sus sueños reino alguno del universo le pareció más envidiable que ese reino magnífico del Circo, con su corte de muchedumbres palpitantes, su diadema de cartón y sus coronas de flores.

Ya pueden Udes. figurarse cuánto sería el espanto de los padres. Elisa ya no tenía reparo en pasearse por la ciudad, haciendo chasquear a los oídos de sus amigos y conocidos un látigo clandestinamente sustraído, buscando modos, maneras, posturas en que se traicionaba su nueva inclinación. Los padres decidieron, reunidos en consejo, poner a la joven Elisabette en el convento. Allí pasó la desgraciada todo un año.

No hay terquedad que al fin no triunfe. Delante de la niña vuelta al hogar paterno y vuelta con la misma idea fija, el padre fué quien primero se doblegó.

Hombre excelente, casi romántico —al menos en negocios, pues demasiado lo probaban sus fracasos —hizo una confesión primero y permitió a su hija tomar lecciones en el picadero del célebre Steinbrecht, en Bessau. Al cabo de un año, el maestro, confuso y alegre a la vez, declaraba que no tenía ya qué enseñar a la alumna. Ese certificado cambió algo las disposiciones paternas. Hombres de caballos *émérites,* personalidades del sport, acabaron por echar por tierra completamente su resistencia y partieron para Halberstadt, al encuentro del rico Loysset.

Elisa fue contratada. Sueldo mezquino, como era de justicia, le asignaron: apenas figuraba sino en las cuadrillas. Quiso, empero, la casualidad que se encontrara de guarnición en Halberstadt el conde Schnetow, coronel de los ulanos, primer jinete de Austria y tan famoso como aquel célebre conde de Schandor, que atravesaba, a caballo, el Danubio, sobre hielos movedizos, y que se hizo legendario. El conde Schnetow tenía también hermosas proezas en su hoja de servicios. Últimamente todavía, siendo portador de un despacho para su general, había hecho salvar a su valiente potro las treinta gradas de la escalera de honor en tres saltos, lo detuvo exactamente en la mitad de la antecámara, y luego, devuelto el telegrama, desapareció por el mismo camino, como deslumbradora fantasmagoría.

Él fue quien descubrió a la Srita. Elisa medio perdida en los ejercicios de conjunto. Conocía a Reuz, pues largo tiempo había viajado con su compañía, por satisfacer un placer y no por amor al arte. Le anunció el milagroso hallazgo que acababa de hacer: al recibo de su carta, Reuz contrataba por despacho telegráfico a la Srita. Elisa, con fuertes emolumentos. El viejo Loysset, que sin aparentar tocarlo, había notado perfectamente el tesoro que poseía, estuvo a punto de perder la razón. Promesas, ofertas espléndidas, ruegos, todo puso por obra. Demasiado tarde ¡ay! la mecha estaba avivada. Hubo necesidad de separarse.

En ese momento, Elisa derramó todas las lágrimas de su cuerpo. Ahora todavía, le es imposible irse de una ciudad en que se halla desde hace dos meses, sin dirigir adioses detallados y conmovedores a los menores lugares que en ella ha recorrido. Todo tiene su parte en sus grandes pesares: circo, animales, espectadores, las bancas en que tantas manos han palmoteado, la arena que no saltará ya bajo el casco de su caballo, el alto asiento del director de orquesta y hasta la puerta por donde va a desaparecer su nombre. Luego, las calles por donde pasaba, las casas ya conocidas, los almacenes casi familiares, los comisionistas de constante recuerdo. Por fin, el cuarto de hora terrible en el *furnished apartment:* los muebles uno por uno, sin olvidar alguno: cada sillón alcanza su palabra triste; cada espejo su mirada húmeda y letanías de adioses, balbucidas entre sollozos, en francés, en alemán, y sobre todo, en esa lengua universal tan bien comprendida, de las lágrimas.

En Viena, en Berlín, en Pestto, en Breslau, en Hamburgo, en Dresde, en todas partes por donde ha paseado sus crecientes triunfos —en todas partes ha agotado los lamentos de las partidas crueles. Esta sensibilidad que quizá fuera motivo de burla en otra persona, en ella tiene verdaderamente un lado de franqueza que no despierta sino una sonrisa curiosa y casi enternecida. Está tan bien en la naturaleza de esa mujer sensible, que **no sabe vivir sino con la condición de arrojarse en los extremos de alegría o de pena**, y cuya alma, al contrario de esa planta que se cierra al menor contacto, se cerraría, si no resintiese, sin tregua, golpes de felicidad o de infortunio.

Conozco yo una escena deliciosa en que desempeñó su papel; y que, por vida mía, pudo entregarse sin límite a las lágrimas.

Seis años después de su permanencia en el convento, volvía con su compañía de circo a Eufurt. El brillo de su reputación, en apogeo por aquel entonces, la había precedido a esa ciudad, en donde no se había oído en otro tiempo más que el ruido de sus quejas. Todo Eufurt salió a su encuentro. La primera persona a quien reconoció fue a su antiguo director espiritual. Con ese tacto mujeril, cuyas delicadezas no pueden imaginarse, fingió no haberlo visto. Pero él se agitaba como verdadero poseído, batiendo palmas, exclamando *bravos* sonoros y voluntariamente aislados. Tuvo necesidad de dirigir hacia ese adorador ruidoso el reconocimiento de un saludo y de una sonrisa. El buen sacerdote estaba radiante. Cinco minutos después estaba en los cuadros, volvía a encontrar a Elisa en la confusión encantadora de las palabras de bienvenida.

—Apuesto, —dijo—, que no has ido todavía a hacer una visita a nuestras Madres. ¡Ingrata! ¿Por qué estás en el Circo? Pero no hay necesidad de decírselo... En primer lugar, comerás conmigo; mi hermana tendrá mucho gusto de abrazarte. Y mañana, al convento...

El programa se llevó a cabo. Es preciso haber oído, como yo, a la Srita. Elisa hacer la relación de ese día. Es absoluta e idealmente bonito. Escuchen Udes. el simple *escenario*. Desde lejos se ve la casa blanca, los árboles del patio; luego la gran puerta de pesado llamador de mascarón, caído como un ojo cerrado sobre la vida. La hermana tornera, deslizando por entre los largos corredores sus pasos que no se oyen; el locutorio, las salas de espera. Es la hora del rezo. Ni un ruido, ni un movimiento. No hay más que un corazón que late. Diez minutos pasan lentamente en ese aislamiento de eternidad. Una campanada de repente, y muy lejos todavía, unos pasos conocidos, un semblante que ríe, ojos que ya están allí; es la madre Eugenia, la francesa, la consoladora, la bien querida. Se echan en brazo una de otra, y se oye esta adorable frase: "¡Querida Isabel, cómo suspiraba por ti!"

Ya pueden Uds. figurarse si la querida Isabel lloraba. Y la madre continuó tiernamente:

—¿Qué es lo que has ido a buscar al Circo? Sí, ya sé... pero querida niña, sé también que siempre eres la misma, y que en todas partes puede uno conservar su noble corazón...

Luego, visitaron el convento.

—Quiero que volvamos a ver juntas todos los lugares en que has sido feliz, todos aquellos en que has sido desgraciada...

Y a medida que avanzaban:

—Aquí, la clase de aritmética, en que tan a menudo fuiste castigada. Mira el banquito, ¿lo conoces?... Allí, tu cama, tu mesita de tocador... Ahora la capilla; oremos un poco por ti... El nuevo jardín, que no estaba concluido en tu tiempo; nuestro cementerio: he aquí mi lugar, aquí debes venir a verme, allí es...

En este momento apareció la madre Dominga, a quien Elisa no quería:

—¡Ah! ¿es Ud., señorita? ¿Cómo está Ud.?

—Siempre bien, cuando me hallo cerca de mi buena madre Eugenia.

Fueron luego a comer al gran refectorio, y hasta la hora de acostarse, que pronto llegó, la que volvía refirió su vida, sus proyectos, todas esas cosas lanzadas a la sombra, en otro tiempo, como flores sin porvenir, y abiertas ahora a la luz de un radiante sol.

No queramos seguir a Elisa en su odisea.

Conocida es la viva simpatía que la emperatriz de Austria tiene a Elisa, quien durante su estancia en Viena, monta los caballos de S. M. en el *Sommer Reitschule*. Allí es adonde tiene la emperatriz el gran picadero para sus caballos de raza y su pequeño circo para adiestrarlos en alta escuela. Elisa concurre a todas las carreras con los Metternich, los Esterhazy, el barón Orzy, el príncipe de Lichtenstein, el barón de Edelsheim, gobernador de Hungría y jinete de los primeros, en ese país en que el culto al caballo ha pasado al estado de religión. La caza dura todo el día, y por la noche se vuelven a ver en el Circo; la emperatriz en su palco, toda la aristocracia, toda la corte en las *tribunas* o bajo la orquesta, y Elisa montada en *Conny* o en *Bécasse*, con las mejillas encendidas por el aire de la selva, llevando en el ojal la hoja verde cogida al sonar victoriosa la trompa de la cacería.

En París, en donde ya no hay corte, Elisa ha hallado al menos cortesanos. A la cabeza de sus amistades hay que citar a la baronesa de Rothvillers, con la que diariamente se la ve en el Bosque, manejando un tiro de cuatro caballos, y entre las señoras del mundo elevado que han tenido gusto en recibirla, nombraremos a la duquesa de Fitz-James, la baronesa Alphonse de Rothschild, que ha montado *Henriette* en el Bosque y envió a su protegida una soberbia piocha, antes de su partida para la mar; la baronesa de Ruthenstein, amiga de las artes y de los artistas. En materia de hombres, una parte del Jockey; Mackenzie Grives, el conde de Módena, los Esphrussi, el conde de Barri, el general Iparaguerra, Basily, Fragonard, d'Etreillis; toda una tribu de concurrentes y de admiradores; todo lo que en París ama a esos dos animales de lujo: el caballo y la mujer.

LA BALADA DE AÑO NUEVO[1]

En la alcoba muelle, acolchonada y silenciosa, apenas se oye la blanda respiración del enfermito. Las cortinas están echadas; la veladora esparce en derredor su luz discreta, y la bendita imagen de la Virgen vela a la cabecera de la cama. Bebé está malo, muy malo... Bebé se muere...

El doctor ha auscultado el blanco pecho del enfermo; con sus manos gruesas toma las manecitas diminutas del pobre ángel, y frunciendo el ceño, ve con tristeza al niño y a los padres. Pide un pedazo de papel; se acerca a la mesilla veladora, y con su pluma de oro escribe... escribe. Sólo se oye en la alcoba, como el pesado revoloteo de un moscardón, el ruido de la pluma corriendo sobre el papel, blanco y poroso. El niño duerme; no tiene fuerzas para abrir los ojos. Su cara, antes tan halagüeña y sonrosada, está más blanca y transparente que la cera: en sus sienes se perfila la red azulosa de las venas. Sus labios están pálidos, marchitos, despellejados por la enfermedad. Sus manecitas están frías como dos témpanos de hielo... Bebé está malo... Bebé está muy malo... Bebé se va a morir...

Clara no llora; ya no tiene lágrimas. Y luego, si llorara, despertaría a su pobre niño. ¿Qué escribirá el doctor? ¡Es la receta! ¡Ah, si Clara supiera, lo aliviaría en un solo instante! Pues qué ¿nada se puede contra el mal? ¿No hay medios para salvar una existencia que se apaga? ¡Ah! Sí los hay, sí debe haberlos; Dios es bueno, Dios no quiere el suplicio de las madres; los médicos son torpes, son desamorados; poco les importa la honda aflicción de los amantes padres; por eso Bebé no está aliviado aún; por eso Bebé sigue muy malo; por eso Bebé, el pobre Bebé, se va a morir! Y Clara dice con el llanto en los ojos:

---

[1] Éste es uno de los cuentos de Nájera más conocidos y populares y uno, también, de los que menos cambios han sufrido en las diferentes versiones que se han publicado. Apareció por lo menos cinco veces en periódicos mexicanos: en *El Nacional* del 1º de enero de 1882; en *La Libertad*, 19 de octubre de 1882; en la *Revista Azul*, 6 de enero de 1895; en *El Periódico de las Señoras*, 31 de diciembre de 1896; y en la *Revista Moderna de México*, en febrero de 1906. En un caso, el de *La Libertad*, va firmado "El Duque Job"; en los demás, "M. Gutiérrez Nájera".

El cuento ha aparecido también en varias colecciones de las obras de Nájera: entre otras en *Cuentos frágiles*, 1883, y en *Obras*, 1898.

—¡Ah! ¡si yo supiera!

La calma insoportable del doctor la irrita. ¿Por qué no lo salva? ¿Por qué no le devuelve la salud? ¿Por qué no le consagra todas sus vigilias, todos sus afanes, todos sus estudios? ¿Qué, no puede? Pues entonces de nada sirve la medicina: es un engaño, es un embuste, es una infamia. ¿Qué han hecho tantos hombres, tantos sabios, si no saben ahorrar este dolor al corazón, si no pueden salvar la vida a un niño, a un ser que no ha hecho mal a nadie, que no ofende a ninguno, que es la sonrisa, y es la luz, y es el perfume de la casa?

Y el doctor escribe, escribe. ¿Qué medicina le mandará? ¿Volverá a martirizar su carne blanca con esos instrumentos espantosos?

—No, ya no, —dice la madre— ya no quiero. El hijo de mi alma tuerce sus bracitos, se disloca entre esas manos duras que lo aprietan, vuelve los ojos en blanco, llora, llora mucho, ruega, grita, hasta que ya no puede, hasta que la fuerza irresistible del dolor le vence, y se queda en su cuna, quieto, sin sentido y quejándose aún, en voz muy baja, de esos cuchillos, de esas tenazas, de esos garfios que lo martirizan, de esos doctores sin corazón que tasajean su cuerpo, y de su madre, de su pobre madre que lo deja solo. No, ya no quiero, ya no quiero esos suplicios. Me atan a mí también; pero me dejan libres los oídos para que pueda oír sus lágrimas, sus quejas. ¡Lo escucho y no puedo defenderlo: veo que lo están matando y lo consiento!

El niño duerme y el doctor escribe, escribe.

—Dios mío, Dios mío, no quieras que se muera: mándame otra pena, otro suplicio: lo merezco. Pero no me lo arranques, no, no te lo lleves. ¿Qué te ha hecho?

Y Clara ahoga sus sollozos, muerde su pañuelo, quiere besarlo y abrazarlo (¡acaso esas caricias sean las últimas!) pero el pobre enfermito está dormido y su mamá no quiere que despierte.

Clara lo ve, lo ve constantemente con sus grandes ojos negros y serenos, como si temiera que, al dejar de mirarlo, se volara al cielo. ¡Cuántos estragos ha hecho en él la enfermedad! Sus bracitos rechonchos hoy están flacos, muy flacos. Ya no se ríen en sus codos aquellos dos hoyuelos tan graciosos, que besaron y acariciaron tantas veces. Sus ojos (negros como los de su mamá) están agrandados por las ojeras, por esas pálidas violetas de la muerte. Sus cabellos rubios le forman como la aureola de un santito.

—¡Dios mío, Dios mío, no quiero que se muera!

Bebé tiene cuatro años. Cuando corre, parece que se va a caer. Cuando habla, las palabras se empujan y se atropellan en sus labios. Era muy sano: Bebé no tenía nada. Pablo y Clara se miraban en él y se contaban por la noche sus travesuras y sus gracias, sin cansarse jamás. Pero una tarde Bebé no quiso corretear por el jardín; sintió frío; un dolor agudo se clavó en sus sienes y le pidió a su mamá que lo acostara. Bebé se acostó esa tarde y todavía no se levanta. Ahí están, a los pies de la cama, y esperándole, los botincitos que todavía conservan en la planta la arena humedecida del jardín.

El doctor ha acabado de escribir, pero no se va. Pues qué ¿le ve tan malo? El lacayo corre a la botica.

—¡Doctor, doctor, mi niño va a morirse!

El médico contesta en voz muy baja:

—Cálmese Ud., que no despierte el niño.

En ese instante llega Pablo. Hace quince minutos que salió de esa alcoba y le parece un siglo. Ha venido corriendo como un loco. Al torcer la esquina no quiso levantar los ojos, por no ver si el balcón estaba abierto. Llega, mira la cara del doctor y las manos enclavijadas de la madre; pero se tranquiliza; el ángel rubio duerme aún en su cuna —¡no se ha ido! Un minuto después, el niño cambia de postura, abre los ojos poco a poco, y dice con una voz que apenas suena:

—¡Mamá! ¡mamá!...

—¿Qué quieres, vida mía? ¿Verdad que estás mejor? ¡Dime qué sientes! ¡Pobrecito mío! Trae acá tus manitas, ¡voy a calentarlas! Ya te vas a aliviar, alma de mi alma. He mandado encender dos cirios al Santísimo. La Madre de la Luz ya va a ponerte bueno.

El niño vuelve en derredor sus ojos negros, como pidiendo amparo. Clara lo besa en la frente, en los ojos, en la boca, en todas partes. ¡Ahora sí puede besarlo! Pero en esa efusión de amor y de ternura, sus ojos, antes tan resecos, se cuajan de lágrimas, y Clara no sabe ya si besa o llora. Algunas lágrimas ardientes caen en la garganta del niño. El enfermito, que apenas tiene voz para quejarse, dice:

—¡Mamá, mamá, no llores!

Clara muerde su pañuelo, los almohadones, el colchón de la cunita. Pablo se acerca. Es hora ya de que él también lo bese. Le toca ya su turno. Él es fuerte, él es hombre, él no llora. Y entretanto, el doctor, que se ha alejado, revuelve la tisana con la pequeña cucharilla de oro. ¿Qué es el sabio ante la muerte? La molécula de arena que va a cubrir con su oleaje el océano.

—Bebé, Bebé, vida mía. Anímate, incorpórate. Hoy es año nuevo. ¿Ves? Aquí en tu manecita están las cosas que yo te fui a comprar en la mañana. El cucurucho de dulces, para cuando te alivies; el aro con que has de corretear en el jardín; la pelota de colores para que juegues en el patio. ¡Todo lo que me has pedido!

Bebé, el pobre Bebé, preso en su cuna, soñaba con el aire libre, con la luz del sol, con la tierra del campo y con las flores entreabiertas. Por eso pedía no más esos juguetes.

—Si te alivias, te compraré una carretela y dos borregos blancos para que la arrastren... ¡Pero alíviate, mi ángel, vida mía! ¿Quieres mejor un velocípedo? ¿Sí...? Pero ¿si te caes? Dame tus manos. ¿Por qué están frías? ¿Te duele mucho la cabeza? Mira, aquí está la gran casa de campo que me habías pedido...

Los ojos del enfermito se iluminan. Se incorpora un poco, y abraza la gran caja de madera que le ha traído su papá. Vuelve la vista a la mesilla y mira con tristeza el cucurucho de los dulces.

—Mamá, mamá, yo quiero un dulce.

Clara, que está llorando a los pies de la cama, consulta con los ojos al doctor; éste consiente, y Pablo, descolgando el cucurucho, desata los listones y lo ofrece al niño. Bebé toma con sus deditos amarillos una almendra, y dice:

—Papá, abre tu boca.

Pablo, el hombre, el fuerte, siente que ya no puede más; besa los dedos que ponen esa almendra entre sus labios, y llora, llora mucho.

Bebé vuelve a caer postrado. Sus pies se han enfriado mucho; Clara los aprieta con sus manos, y los besa. ¡Todo inútil! El doctor prepara una vasija bien cerrada y llena de agua casi hirviente. La pone en los pies del enfermito. Éste ya no habla, ya no mira; ya no se queja; nada más tose, y de cuando en cuando, dice con voz apenas perceptible:

—¡Mamá, mamá, no me dejen solo!

Clara y Pablo lloran, ruegan a Dios, suplican, mandan a la muerte, se quejan del doctor, enclavijan las manos, se desesperan, acarician y besan. ¡Todo en vano! El enfermito ya no habla, ya no mira, ya no se queja: tose, tose. Tuerce los bracitos como si fuera a levantarse, abre los ojos, mira a su padre como diciéndole: —¡Defiéndeme! —vuelve a cerrarlos... ¡Ay! Bebé ya no habla, ya no mira, ya no se queja, ya no tose; ya está muerto!

Dos niños pasan riendo y cantando por la calle:
—¡Mi Año Nuevo! ¡Mi Año Nuevo!

LA PRIMERA COMUNIÓN[1]

SE ESCUCHAN ya, cercanos y pesados, los pasos de la Semana Santa. La multitud se refugia en los templos, como una parvada de polluelos bajo el ala de la madre. Los predicadores se esfuerzan por lograr sus últimas victorias, y cada tarde, al concluir la plática, aguardan pacientes en el confesonario a las ovejas descarriadas, para darles el perdón, ese rocío del cielo. Velos obscuros cubren los altares. Los cirios amarillos chispean solemnemente en torno de la imagen del Crucificado. Quitémonos, pues, ceremoniosamente los sombreros, y abramos paso a los últimos días de la cuaresma.

A riesgo de que los críticos hagan mofa de mí y se burlen, acaso con justicia, de mi egotismo, estoy poco dispuesto al arrepentimiento y reincido, a sabiendas, en el pecado. No sé escribir de otro modo.

Para hablar de los días solemnes, santificados por la tradición, no quiero recurrir a mis pobres libros ni a mis cortísimos saberes. La ciencia es fría como el mármol de un monumento sepulcral. Prefiero recorrer con la memoria el camino que dejo atrás y hablar con el corazón. Todos tenemos en nuestro cofre

---

[1] La historia de este cuento es complicada. Casi al mismo tiempo, en abril de 1882, el autor publicó en distintos periódicos dos escritos sobre la Semana Santa: uno en *El Nacional*, compuesto en "Jueves Santo - 1882", titulado *La primera comunión* y firmado "M. Gutiérrez Nájera"; y otro en *El Cronista de México* del 2 de abril de 1882, titulado *Memorias de un vago* y firmado "M. Can-Can". Fuera del tema, los dos no tienen nada en común.

Un año más tarde, el 18 de marzo de 1883, el autor publicó en *La Libertad* un tercer artículo sobre el mismo tema, titulado *La vida en México* y firmado "El Duque Job". Este escrito combina partes de los dos publicados en 1882, sin añadir mucho. Sustituye el epígrafe (una estrofa de Campoamor) que encabeza la versión de *El Nacional* por un nuevo párrafo preliminar de unos diez renglones; copia la mitad de la primera página de dicha versión; luego pasa al texto de *El Cronista*, del que copia unas tres páginas; y finalmente, vuelve al texto de *El Nacional* hasta terminar. Como material nuevo, se intercalan unos renglones encaminados a hacer la transición de una versión a otra.

Que sepamos, el cuento ha sido recogido sólo una vez: en las *Obras* de 1898, donde está titulado *La vida en México*. El texto es de *La Libertad* de 1883.

Publicamos la versión de 1883, pero preferimos el título de *El Nacional*, 1882, por ser más distintivo.

de recuerdos una reliquia religiosa, y en nuestro corazón una fibra que se estremece en la quietud solemne de los templos. Arrastrados, sin tregua ni descanso, por el rápido torbellino de la vida, hemos casi olvidado el camino que lleva al corazón. Hoy, venturosamente, las faenas diarias cesan y el ánimo se esparce en el sosiego: busquemos, pues, esa vía dolorosa, ese camino.

Todavía me parece estar muy cerca de esos años felices en que yo le ayudaba la misa al señor cura, preparaba el misal con sus largos listones y hasta solía lavar las vinajeras, cuidando de tomarme, sorbo a sorbo, el vino que en ocasiones les quedaba. Muchas cosas se olvidan en esta larga caminata que llamamos vida; pero el primer sacerdote que nos confesó y la primer novia que tuvimos, no se borran jamás de la memoria. Por eso cada vez que la Santa Semana llega y el velo cubre los altares, mientras suenan las carracas en las calles y reverbera el sol su roja lumbre, como dice Carpio, distraemos el pensamiento con la contemplación de hechos pasados, y vivimos en plena fe la vida paradisíaca de la infancia.

Una noche —era yo muy niño todavía—, lleváronme a la iglesia donde se conmemoraba con sermones y cuadros alegóricos el prendimiento de Jesús en el sagrado huerto. La iglesia estaba a obscuras, o poco menos: la única parte iluminada era el altar, sin blandones ni imágenes, todo cubierto por una gran cortina obscura que el viento estremecía pausadamente. La llama roja de los cirios, oscilante como la lengüeta de una víbora, alumbraba una imagen de la Virgen dolorosa —única que había quedado en el altar— quebrando sus resplandores en el áureo pomo del puñal que atravesaba el pecho de la santa Madre y resbalando por el lustroso terciopelo de su manto. En las mejillas de la Virgen corrían dos lagrimones de cristal. He dicho que corrían, y no retiro la palabra; porque, ora fuese a causa del fulgor oscilante de los cirios, ora por influjo de mi exaltada fantasía, la verdad es que yo veía correr aquellas lágrimas cual si brotasen de una fuente inagotable. Los piadosos feligreses rezaban agrupados en la nave, y al terminar cada misterio del rosario, sonaba la severa voz del órgano acompañada del canto religioso.

Pero lo que atraía mi vista con más fuerza, era el cuadro dispuesto en una de las capillas laterales. En la solemne obscuridad del templo, esa capilla, toda colgada de terciopelo púrpura, con sus catorce cirios encendidos, se destacaba como un horno luminoso. Allí estaba una imagen del Señor, guardada para ocasiones semejantes. Vestía Jesús su túnica violeta, y de rodillas, apoyado en la peña de cartón, oraba al Padre. No podía vérsele el rostro, que tenía oculto en las sagradas manos, y sólo se miraba su cabellera de color castaño y el nacimiento de las blancas sienes. En el ángulo opuesto, serios y ceñudos, se destacaban los soldados del pretor, con sus lucientes picas y sus barbas negras. Aquellos hombres me inspiraban aversión y miedo: sin darme cuenta de ello, por instinto, yo me acerqué a mi madre, cubriéndome la mitad del cuerpo con sus ropas.

El señor cura comenzó su piadoso sermón, y el auditorio, recogido, no se atrevía a moverse para no perder una sola de esas frases inspiradas.

El señor cura, como era uso, había tomado por la tarde, en casa de mis padres, el chocolate de las cuatro; su voz, sin embargo, me infundió pavor. No; no era el mismo que solía darme tirones de oreja y hasta jugar conmigo a la raqueta. Era el austero pastor de almas, el viejo de cabellos plateados, narrando con acento conmovido la suprema tragedia del Calvario. Yo, de ordinario retozón e inquieto, no osaba murmurar una palabra ni moverme del sitio en que mi madre oraba. La voz del señor cura sonaba tristemente en mis oídos, como los dobles de la campana el día de Muertos. El drama augusto desenvolvía ante mí, en la obscuridad, sus desgarradores episodios. La noche que pesó con su negrura inmensa sobre la cabeza del Redentor, pesaba también sobre mí. Miraba a los apóstoles dormidos; y, a la distancia de un tiro de piedra, contemplaba a Jesucristo hablando con su Padre, que le oía desde los cielos, y pidiéndole que apartara de sus pálidos labios el amargo cáliz. No había estrellas en el cielo. ¿Qué estrellas habrían podido ver a un Dios sufriendo? El Nazareno comenzaba su martirio, y en el silencio augusto de ese bosque, lejos de los hombres que ya habían comenzado a abandonarle, sentía pavor, miedo y congoja. No le arredraba aquel suplicio horrendo ni aquella penosísima agonía; mas con los ojos del espíritu, con la infinita previsión divina, contemplaba la procesión interminable de los siglos. ¿A cuántos aprovecharía la redención? ¿Cuántos de aquellos hijos por quienes aceptaba el cáliz del martirio iban a desconocerle y a negarle? Y el alma del Profeta se oprimía, y de su noble pecho, hinchado por los sollozos, salían quejas amarguísimas. De improviso, rompe la obscuridad nocturna súbito resplandor de hachones y linternas. Con grande vocerío, blasfemando, riendo a carcajadas, se acercan los durísimos soldados. Y llegan todos en tropel, le insultan, y uno de ellos pone la recia mano en el rostro divino del Maestro...

En llegando a este punto, rompieron los sollozos su clausura, y el devoto auditorio comenzó a llorar. La conmovida voz del señor cura narraba lentamente aquella escena desgarradora. Yo, de rodillas, clavaba con espanto la mirada en el doliente rostro de la Virgen.

He asistido después a muchos templos y he escuchado a los grandes oradores. ¿Por qué ninguno sabe conmoverme como aquel ignorante pastor de almas? No era profundo teólogo ni polemista experto, ni elocuente, en el sentido humano de esta palabra. No argumentaba con gran máquina de raciocinios, ni recurría a las armas de la filosofía batalladora. Era manso y humilde, recto de corazón y amplio de espíritu. No hablaba con el entendimiento: hablaba con el alma. Diré mejor, para expresar con claridad mi pensamiento: No hablaba él; dejaba hablar a Jesucristo.

De ese humilde predicador y de la azul mañana en que hice la primera comunión, jamás podrá olvidarse mi memoria. Cerrando los ojos para no mirar los seres y cosas que nos rodean, y explorando con la imaginación el campo del pasado, parece que la vida, como un inmenso panorama, va pasando ante nosotros en su infinita variedad de cuadros. Pasan los días lluviosos, obscurecidos por densas y apretadas nublazones; las noches en que retumba el trueno y los ríos desbordados salen de su cauce; las mañanas serenas, en que el cielo está azul, la tierra fresca, y limpia el agua de las fuentes. Esas mañanas son las mañanas de la infancia. Las bocanadas de aire traen a nuestro olfato el sano olor de los trigales, y a nuestro oído el repique de las campanas que volteaban alegremente en la parroquia. La atmósfera está tan limpia y trasparente que podría distinguirse el vuelo de los ángeles; la luz es virgen todavía; Dios está contento.

Así es la mañana de la primera comunión. Todavía, al recordarla, siento una vaga sensación de frescura; me parece que entro a un estanque rugado por el ala del cisne y que el agua fresca penetra por todos mis poros. Bien hacen al escoger para esta santa comunión una mañana de abril, toda claridad, toda perfume El invierno es la estación de los entierros; y la primavera es la estación de las resurrecciones. La primera comunión sería triste en diciembre. Se iría al templo por callejas cubiertas de hojas amarillas, entre árboles desnudos y fuentes heladas.

No; Dios debe entrar al alma cuando la savia renueva las ramas, cuando el perfume sale de la flor y los pájaros salen de sus nidos. El ruiseñor, cantando por la noche, enseña a orar. La luz, entrando por los ojos, lava el alma.

Conservo aún la cinta de raso blanco que llevé anudada en el brazo. El tiempo la ha amarilleado un tanto cuanto: está como los encajes que guardan en su baúl nuestras abuelas y que sirvieron para su matrimonio.

La víspera de ese día inolvidable me acosté algo más tarde que de costumbre. Junto a mi cama estaba ya dispuesta la ropa que iba a vestir, nueva y lustrosa. Pasé la velada oyendo las máximas severas de un libro piadoso que leía mi padre. Una inmensa alegría llenaba mi alma. Antes de recogerme, abrí la puerta de mi ventana y contemplé la noche: todas las estrellas me veían con sus pupilas de oro. Me arrodillé después ante la imagen de la Virgen; la Virgen, la santa Virgen me sonreía. Algo como un ligero movimiento de alas sonaba en torno mío. Esa noche pensé que eran las alas de los ángeles. Ahora reflexiono que debió ser la brisa moviendo las altas ramas de los árboles.

Dormí poco. A las cuatro de la madrugada me despertaron; comencé a vestirme, rezando a media voz mis oraciones. Estaba alegre aún; pero mezclábase a mi alegría un vago temor. Casi puedo decir que tenía miedo. ¿Miedo de qué? Había hecho la confesión de mis pecados; la absolución había purificado mi espíritu; y no obstante, me parecía que no estaba aún suficientemente apercibido para aquel acto solemne.

Tan abstraído estaba, que no me detuve a admirar la ropa nueva, los pantalones con bolsas, el chaleco blanco, y la cinta que iba a anudarse coquetamente en torno de mi brazo. Tenía miedo. La calma de la noche me imponía. Mas, apenas pude salir al corredor y contemplar el cielo, huyeron desvanecidos mis temores. Las estrellas no estaban ya doradas y lucientes como pocas horas antes. En ese instante parecían de plata. Los gallos cacareaban en el corral vecino. La luz, tímida y como algodonosa, comenzaba a subir por el Oriente. El agua tartamudeaba en su taza de piedra. Yo, en aquella hora del alba, me creí virgen de pecado. La brisa rozaba con sus alas húmedas la corola de las flores. La naturaleza hablaba con Dios.

Poco a poco se fueron apagando los luceros; poco a poco la claridad invadió el cielo; ya se escuchaba más continuo y más sonoro el repique de las campanas; los luceros fueron quedando en el obscuro cofre de la noche, como diamantes engarzados en antigua plata: la franja de oro que precede al sol apareció en los horizontes, y los pájaros que dormían aún dentro de sus pequeñas jaulas comenzaron a cantar.

Yo no quería hablar, no quería oír. Cuidaba mi corazón y mi conciencia, como se cuida el vaso lleno de agua que se lleva en la mano, temiendo que se derrame sobre las alfombras. Con la apacible claridad del día, la calma entraba en mi espíritu. Los compañeros me aguardaban ya, y partimos a la iglesia. Ver me parece aún la nave; las flores que caían a nuestro paso desde las altas cornisas; creo oír la voz grave del órgano y el ruido de nuestros pasos en el suelo hueco. Llegamos hasta la escalinata del presbiterio y allí nos pusimos de rodillas. Los niños de coro balanceaban sus dorados incensarios. Gotas de cera derretida caían en la arandela que defendía mi mano, recortando el cirio blanco. Se oía la alegre voz de las campanas, y nuestros corazones infantiles también, como las campanas, repicaban.

¡Oh, Santa Iglesia que escondiste mis primeras alegrías, humilde templo sin áureos candelabros ni ornamentos realzados con brillantes! Tú me viste en tarde obscura y nebulosa, mucho tiempo después de aquella azul mañana, entrar en busca de santo amor y de consuelo. Las hojas de rosa no caían, como menuda lluvia, sobre mi cabeza. El órgano estaba mudo y mi memoria no encontraba ya oraciones. En el desnudo altar se alzaba la santa imagen del Crucificado. Mis pasos resonaron en la bóveda tristemente; las campanas doblaban en la torre, y mi corazón doblaba también, como las campanas! ¡Oh Santa Iglesia que escondiste mis primeras alegrías! Cuando mi pobre espíritu zozobra, como la barca débil de los pescadores en el revuelto mar de Tiberiades, yo te evoco y te miro reflejada en el cristal opaco del recuerdo. ¡Tú eres la calma, tú eres la verdad, tú eres la vida!

LA HIJA DEL AIRE[1]

POCAS VECES concurro al Circo.[2] Todo espectáculo en que miro la abyección humana, ya sea moral o física, me repugna grandemente. Algunas noches hace, sin embargo, entré a la tienda alzada en la plazoleta del Seminario. Un saltimbanco se dislocaba haciendo contorsiones grotescas, explotando su fealdad, su desvergüenza y su idiotismo, como esos limosneros que, para estimular la esperada largueza de los transeúntes, enseñan sus llagas y explotan su podredumbre. Una mujer —casi desnuda— se retorcía como una víbora en el aire. Tres o cuatro gimnastas de hercúlea musculación se arrojaban grandes pesos, bolas de bronce y barras de hierro. ¡Cuánta degradación! ¡Cuánta miseria! Aquellos hombres habían renunciado a lo más noble que nos ha otorgado Dios: al pensamiento. Con la sonrisa del cretino ven al público que patalea, que aúlla y que los estimula con sus voces. Son su bestia, su cosa. Alguna noche, en medio de ese redondel enarenado, a la luz de las lámparas de gas y entre los sones de una mala murga, caerán desde el trapecio vacilante, oirán el grito de terror supremo que lanzan los espec-

---

[1] Lo esencial de este cuento se publicó tres veces en la prensa mexicana: en *El Nacional* del 6 de abril de 1882, con el título de *La hija del aire* y firmado "M. Gutiérrez Nájera"; en *La Libertad* del 10 de diciembre del mismo año, *Crónica color de Venus* y "El Duque Job"; y en *El Partido Liberal* del 30 de diciembre de 1888, *Por los niños* y "El Duque Job".

La versión de abril de 1882 difiere de la que publicamos aquí casi únicamente en que coloca el largo párrafo que empieza "Oigo decir con insistencia..." al principio en lugar de al final del cuento.

En *La Libertad* de diciembre de 1882 encontramos el cuento casi en la versión exacta que damos aquí, pero como última mitad, poco más o menos, de un largo artículo cuya primera parte trata del reciente tránsito del planeta Venus y de la temporada teatral.

En *El Partido Liberal* lo esencial del cuento va incluido en un largo artículo sobre las nuevas leyes promulgadas en Italia contra la explotación de los niños, las cuales, al parecer del autor, debieran ser emuladas en México. La parte incluida comprende desde las palabras "Recordáis a la pobrecita hija del aire...", que van al principio de la segunda página de nuestra versión, hasta el final de ésta.

Aunque no fue la última publicada en vida del autor, publicamos la versión de diciembre de 1882, que aparece también en los *Cuentos frágiles* de 1883, en las *Obras* de 1898 y en otras recopilaciones. El título es el de la versión primitiva, de abril de 1882.

[2] El Circo Orrin, muy popular en aquella época.

tadores en el paroxismo del deleite, y morirán bañados en su propia sangre, sin lágrimas, sin piedad, sin oraciones!

Pero lo que subleva más mis pensamientos es la indigna explotación de los niños. Pocas noches hace, cayó una niña del caballo que montaba y estuvo a punto de ser horriblemente pisoteada. ¿Recordáis a la pobrecita hija del aire, que vino al mismo circo un año hace? Todavía me parece estarla viendo: el payaso se revuelca en la arena, diciendo insulsas gracejadas; de improviso miro subir por el volante cable que termina en la barra del trapecio a un ser débil, pequeño y enfermizo. Es una niña. Sus delgados bracitos van tal vez a quebrarse; su cuello va a troncharse y la cabeza rubia caerá al suelo, como un lirio cuyo delgado tallo tronchó el viento. ¿Cuántos años tiene? ¡Ay! es casi imposible leer la cifra del tiempo en esa frente pálida, en esos ojos mortecinos, en ese cuerpo adrede deformado! Parece que esos niños nacen viejos.

Ya se encarama a los barrotes del trapecio: ya comienza el suplicio. Aquel cuerpo pequeño se descoyunta y se retuerce; gira como rehilete, se cuelga de la delgada punta de los pies, y, por un milagro de equilibrio, se sostiene en el aire, detenido por los talones diminutos que se pegan a la barra movediza. A ratos, sólo alcanzo a ver una flotante cabellera rubia, suelta como la de Ofelia,[3] que da vueltas y vueltas en el aire. Diríase que la sangre huye espantada de ese frágil cuerpo, que tiene la blancura de los asfixiados, y se refugia únicamente en la cabeza. El público aplaude... Ninguna mujer llora. ¡He visto llorar a tantas por la muerte de un canario!

Cuando acaba el suplicio, la niña baja del trapecio, y con sus retratos en la mano comienza a recorrer los palcos y las gradas. Pide una limosna. Pasa cerca de mí: yo la detengo.
—¿Estás enferma?
—No; pero me duele mucho...
—¿Qué te duele?
—Todo.
La luz de sus pupilas arde tenuemente, como la luz de una luciérnaga moribunda. Sus delgados labios se abren para dar paso a un quejido, que ya no tiene fuerzas de salir. Sus bracitos

---

[3] Personaje trágico del *Hamlet* de Shakespeare: se la representa siempre como rubia y delicada.

están flacos, pálidos, exangües. Es la hija del dolor y de la tristeza. Así, tan pálida y tan triste era la niña que miré agonizar, y cuya imagen quedó grabada para siempre en mi memoria. La infancia no tiene para ella tintes sonrosados, ni juegos, ni caricias, ni alegrías. No: es el alma que viene: es el alma que se va.

Dí, pobre niña: ¿qué, no tienes madre? ¿Naciste acaso de una pasionaria, o viniste a la tierra en un pálido rayo de la luna? Si tuvieras madre, si te hubieran arrebatado de sus brazos, ella, con esa adivinación incomparable que el amor nos da, sabría que aquí llorabas y sufrías; traspasando los mares, las montañas, vendría como una loca a libertarte de esta esclavitud, de este suplicio! No, no hay madres malas; es mentira. La madre es la proyección de Dios sobre la tierra. Tú eres huérfana.

¿Por qué no moriste al punto de nacer? ¿Por qué recorres con los pies desnudos ese duro país del sufrimiento- Dí, pobre niña, ¿qué, tú no tienes ángel de la guarda? Estás muy triste; nadie endulza tu tristeza. Estás enferma: nadie te cura ni te acaricia blandamente. ¡Ah! Cómo envidiarás a esas niñas felices y dichosas que te vienen a ver, al lado de sus padres! ¡Ellas no han sentido cómo la recia mano de un gimnasta desalmado quiebra los huesos, rompe los tendones y disloca las piernas y los brazos, hasta convertirlos en morillos elásticos de trapo! Ellas no han sentido cómo se encaja en carne viva el látigo del adiestrador que .te castiga. Para ellas no hay trabajo duro; no hay vueltas ni equilibrios en la barra fija. ¡Tienen madre!

Dí, pobre niña: ¿por qué no te desprendes del trapecio para morir siquiera y descansar? Tú, enferma, blanca, triste, paseas lánguidamente tu mirada. ¡Cómo debes odiarnos, pobre niña! Los hombres —pensarás— son monstruos sin piedad, sin corazón. ¿Por qué permiten este cruentísimo suplicio? ¿Por qué no me recogen y me dan, ya que soy huérfana, esa madre divina que se llama la santa Caridad? ¿Por qué pagan a mis verdugos y entretienen sus ocios con mis penas? ¡Ay, pobre niña! tú no podrás quejarte nunca a nadie. Como no tienes madre en la tierra, no conoces a Dios y no le amas. Te llaman hija del aire; si lo fueras, tendrías alas; y si tuvieras alas, volarías al cielo!

¡Pobre hija del aire! Tal vez duerme ahora en la fosa común del camposanto! La niña mártir de la temporada no trabaja en el trapecio, sino a caballo. Todo es uno y lo mismo.

Oigo decir con insistencia que es preciso ya organizar una sociedad protectora de los animales. ¿Quién protegerá a los hombres? Yo admiro esa piedad suprema, que se extiende hasta el mulo que va agobiado por el peso de su carga, y el ave cuyo vuelo corta el plomo de los cazadores. Esa gran redención que libra a todos los esclavos y emprende una cruzada contra la barbarie, es digna de aprobación y de encarecimiento. Mas ¿quién libertará a esos pobres seres que los padres corrompen y prostituyen, a esos niños mártires cuya existencia es un larguísimo suplicio, a esos desventurados que recorren los tres grandes infiernos de la vida —la Enfermedad y el Hambre y el Vicio?

DON INOCENCIO LANAS[1]

Don Inocencio Lanas era un siervo de Dios, grande amigo de Lucifer y un tanto cuanto emparentado con el apóstol Judas Iscariote, de quien ayer, si no recuerdo mal, se hizo memoria. Don Inocencio no tenía nada de inocencia. Entiendo que no dio nunca esperanza a sus maestros ni a su patria, fiel en esto a su arraigada costumbre de no dar nunca ni un comino; que, en achaques de aritmética, sólo sabía la regla de multiplicar, y la de dividir (en canal) a todo ser nacido; que jamás por jamás malgastó el tiempo y que, tacaño por temperamento, conservador por carácter y anti-liberal por principios, no quiso nunca contraer estado, parte por no encontrar doncellas ricas y parte por no querer soltar las cintas de la bolsa en provecho del juez y de la parroquia. Cuando yo conocí y traté a don Inocencio, era éste un vejete avellanado, de esos que no aparentan edad alguna definida y lo mismo pueden tener doscientos años que sesenta o setenta, echando por lo alto. Don Inocencio era todo lo que se llama un hombre feo; pero, feo de pendón y charreteras dobles. Tenía el color cetrino; enjuto el rostro; la nariz encorvada, como conviene a una ave de rapiña; brillantes y vivísimos los ojos, mal ocultos por una gafas de notario; ancha la boca, parecida al hocico de las zorras; largos los pies, las manos y las uñas, como pintan los dibujantes místicos al diablo; chica la frente, rugosa como viejo pergamino; y enteco el pobre cuerpo, lleno por todas partes de salientes huesos, protuberancias y jo-

---

[1] Apareció dos veces en la prensa mexicana: en *El Cronista de México* del 9 de abril de 1882, bajo el título de *Memorias de un vago* y firmado "M. Can-Can", y en *La Libertad* del 25 de marzo de 1883, bajo el de *La vida en México* y firmado "El Duque Job". Como ninguno de los títulos usados en los periódicos es distintivo, preferimos sustituirlos por el nombre del protagonista.

Las dos versiones son muy distintas. La primera es corta, trata exclusivamente de la historia de Inocencio Lanas y termina con las palabras "¡Pobre don Inocencio Lanas! ¡Ésta fue su oración fúnebre!" Hay en ella, casi al principio, unos cinco renglones que faltan en la otra forma del cuento.

La versión de 1883 forma la primera parte de un artículo largo, el resto del cual no tiene nada que ver con nuestro cuento, sino que trata de la temporada teatral. Lo que tienen en común las versiones de 1882 y de 1883 es punto menos que idéntico. Publicamos la versión de 1883 del cuento propiamente dicho.

Este cuento es, a nuestro entender, inédito.

robas. Por no pagar los cuartos del barbero, don Inocencio se dejaba crecer todos los pelos que en la cara había (afortunadamente eran muy pocos) —y yendo más allá, si es que tal cabe, en el camino de la dejadez y el desaseo, dos veces nada más dentro del año, permitía que su cuerpo desmedrado gozara los abrazos de las ondas; y eso con tal parsimonia, que le era suficiente una pequeña palangana llena de agua para ponerse como un ascua de oro, o mejor dicho, como un hueso limpio. Los días solemnes en que don Inocencio se lavaba, eran el 25 de diciembre, día de Pascua, y el Sábado de Gloria en la mañana; por cierto que daba gloria verle en esos días, con cuello y puños limpios, cepillada la chupa dominguera, y tan campante, fresco y mocetón como un novio al principio del bodorrio o un sacristán al amanecer el Jueves Santo.

¡Pobre don Inocencio! El último Sábado de Gloria en que le vi, estaba tan remozado y tan alegre como si el tiempo se estuviera quedo y los años no corrieran; asistió a los oficios de la mañana lleno de fervorosa compunción y hasta, rompiendo sus añejos hábitos, quiso dar a un desventurado limosnero cierta peseta falsa que tenía. Al acabar la misa de tres padres, ora fuese por la poca costumbre que tenía de humedecer su cuerpo flaco, ora por la pesadez insoportable de la atmósfera, don Inocencio empezó a sentir los síntomas primeros de la apoplejía. Dos minutos después, caía redondo sobre el entarimado de la iglesia. Como el buen hombre era de malas pulgas y tenía tan poquísimos amigos, ninguno quiso comedirse a levantarlo, y a no ser por la caridad de un sacristán, bastante recio y mocetón que no le debía nada, Dios sabe cuántas horas hubiera permanecido en aquel sitio, roncando con la boca abierta y mirando a los circunstantes con mirada mortecina, henchida de oraciones y de súplicas. ¡Cómo pesaba el buen don Inocencio! El sacristán y yo sudamos la gota gorda al conducirlo en hombros a su habitación, que era un pobre tugurio, lleno de telarañas y de muebles viejos, habitado por diez docenas de ratones y por una lechuza, muy señora mía, que anidaba con suficiente holgura en el armario. De un extremo a otro de la pieza se extendía una cuerda, en la que, separados, y por su orden, se pavoneaban los pantalones viejos de don Inocencio. Haré una aclaración: don Inocencio no era muy aficionado a pantalones; le bastaba con los que su abuelito le compró para el día de su primera comunión; mas, como quiera que los deudores solían ser reacios en pagar, don Inocencio, poco escrupuloso, solía también quitarles cuanto a mano había, e iba allegando, por este ejemplarísimo camino, muebles desvencijados, sillas rotas, relojes descompuestos y hasta ropa vieja. Su casa, pues, era un bazar, lleno de lienzos empolvados, imágenes de estuco, alfombras convertidas en hilacha, trapos sucios y alhajas de antiquísima prosapia.

Pusimos a don Inocencio sobre el apolillado catre de madera, que no olía, por cierto, a rosas, y requiriendo el eficaz auxilio de un doctor, aguardamos con impaciencia su diagnóstico.

—El caso es punto menos que desesperado —dijo el médico. —Don Inocencio se va como dos y tres son cinco.

—¡Se va! —decían al parecer los pantalones, moviéndose con gracia en el improvisado tendedero.

—¡Se va! —repetía el gato, que estaba hecho diez dobleces sobre el cojín destripado de un sillón cerdoso.

En efecto, se fue don Inocencio. No pudieron nada los sinapismos, ni los emplastos, ni el bañarle los huesosos pies en agua hirviente. El pobre viejo se puso muy helado, torció los ojos espantosamente, se quiso encaramar apoyado en los brazos débiles y entonces, nos vio de una manera dramática, y cayendo, trabado y rígido, en el catre, dio la última boqueada. ¡Ave María! El médico, que era un sabio distinguido, se volvió a nosotros y nos dijo con muy grave ademán:

—Señores, ya esto se acabó.

Y era verdad, se había acabado don Inocencio. Lo vestimos con el traje más limpio que encontramos, le pusimos cuatro cirios de a cuatro reales en torno de la cama, y después de entregar al señor notario un racimo de llaves que el difunto jamás soltaba, y que hubo necesidad de arrancarle furiosamente de la mano, nos fuimos prudentemente a nuestras casas. En la pieza mortuoria sólo quedó una buena anciana que consintió en velar el cadáver, siempre que se le pagara un real por hora, y el gato de ojos vidriosos refunfuñando marrulleramente en el sillón.

Como el lance fue rápido, al tiempo de morir don Inocencio salía la gente de la parroquia.

—¿Ya sabe usted, doña Paquita? ¡Don Inocencio acaba de rendir el alma!

—¡Pues poquito que me alegro! ¡Era el tuno más redomado del lugar! ¡Dios lo haya perdonado, aunque dificilillo me parece!

—Doña Paca, por Dios...

—Nada de hipocresías, al pan, pan, y al vino, vino.

En esto la gente, que se reunía en varios corrillos, hablaba a más y mejor del pobre muerto.

—¡Pues no quiso quitarme hasta la ropa de la cama y el Santo Cristo con remates de plata que tuvo mi señora madre en su agonía!

—¡Calle Ud., calle Ud., si era un bandido! Más malo que Caín, y tan avaro que por no crearse necesidades no gastaba calcetines.

—¡Señoras, por Dios, más consideración a los difuntos! ¡Ya el señor se acordó de él! ¡Así se hubiera acordado cuarenta años antes!

Las campanas seguían alegres repicando; los hijos de mi comadre la lechera daban cada berrido que rompía los tímpanos, y en la plaza mayor, colgando por el pescuezo de una cuerda, se bamboleaba un Judas de tamaño natural con el vientre quemado por los cohetes y petardos. Los chicos del lugar le apedreaban gritando:

—¡Anda, mala alma, toma por maldito!

Y en tanto que esto acontecía en la plaza, don Inocencio, muy frío, muy estirado, y feo, mucho más feo que de costumbre, dormía el eterno sueño sobre un catre roto, en compañía de un gato y de una vieja. Los granujas gritaban:

—¡Judas! ¡Judas!

¡Pobre don Inocencio Lanas! ¡Ésta fue su oración fúnebre! Ninguno fue a su entierro, ni se ha acordado nadie de adornar su sepulcro el Día de Muertos. Yo nada más —y eso una vez al año— pienso en él, cuando revientan los petardos y cohetes en el vientre de los Judas. ¡Pobre don Inocencio! ¿Qué suerte habrá corrido en el otro mundo? Yo creo que si Dios le deparó un momento de atrición, estará a buen componer en el Purgatorio, pero como no existe ser viviente que rece por su alma y como no dejó en su testamento mandas con que pagar las misas y responsos, probable es que arda allí sin consumirse hasta el fin de los siglos. Entre tanto, es muy capaz de hacer negocios de descuento con las benditas almas, y de cargar mediante alguna recompensa con los años que les falten para cumplir su condena.

¡Pobre don Inocencio! Andando el tiempo yo mismo me olvidaré de su persona. Ya he apuntado que sólo hago memoria de sus gracias, cuando queman un Judas en la calle y esta costumbre, como todas las antiguas, va desapareciendo poco a poco. Ya no aturde nuestros oídos en la calle el rumor agrio de las matracas ni se ven esos racimos de muñecos monstruosos, cuyo vientre pantagrüélico² rellenaban de tortas de harina. Judas va gozando de cierta impunidad. Hubo un tiempo en que los autos de fe menudeaban, con regocijo de los muchachos callejeros: había Judas de tamaño natural, Judas ecuestres, Judas de a veinte duros y de a treinta, Judas de casa grande y hasta Juditas microscópicos que los señores *cursis* se colgaban en el ojal de sus levitas. Un inglés que llegó a México en la mañana del Sábado de Gloria, preguntaba inquieto si aquí se ajusticiaba por docenas. Hoy han cambiado mucho las costumbres. No se suspende el tráfico de coches durante el Viernes Santo, ni entran los carros ni las mulas enfloradas, cuando suena el repique de la gloria.

---

[2] Pantagruel, gigante voraz que con su padre Gargantúa personifica la monarquía nunca saciada, es el protagonista de la obra del mismo nombre de François Rabelais (1483?-1553).

EL VAGO[1]

MUY SEÑORA MÍA:

Hace tiempo que deseaba sostener con Ud. correspondencia. Por desgracia, la pícara modorra que traía embotado mi entendimiento, impidió que pusiera manos a la obra. Los amigos, al ver mi facha desastrada, solían decirme:

—Lo que tienes, chico, es pereza. Sacúdete y trabaja; si no, vas a quedar como las mulas del doctor Vicuña, que, cuando ya iban aprendiendo a no comer, murieron de hambre.

Yo no hacía caso mayor de estas cordiales reprimendas, y viviendo a mis angostas, tomaba sol por las mañanas, aire por la tarde y asiento por la noche. Cierta vez, me enamoré: nadie está libre de romperse una pierna. La chica era de lo más guapa, retozona y pizpireta que yo he visto. Calle arriba, calle abajo, me pasaba yo los días de claro en claro y las noches de turbio en turbio rondando por enfrente de su casa. La chica no me ponía tan malos ojos: primero, porque los tenía muy buenos, y después porque solía mirarme en el cupé de algún amigo y presumía por ende, que, según las trazas, era yo, cuando menos, un marqués. Dejé de fumar tres meses y tres días; ahorré los cuartos que antes convertía en humo, y con la suma ahorrada compré a la costurera de la casa. A los tres billetitos perfumados que escribí a la niña, obtuve una respuesta favorable. La señorita me exigía nada más que me entendiese con sus padres. Mejor hubiera querido entenderme con mi sastre; mas como ya no había remedio alguno, hice de tripas corazón, pedí prestado un par de guantes, y entré, tarareando una habanera, a la casa de mi novia. Ella —¡me la comería a besos!— estaba en el corredor, mordiendo un clavel rojo y leyendo una

[1] Tenemos dos versiones de este cuento: la de *El Cronista de México* del 16 de abril de 1882, titulada *Cartas a mi abuela* y firmada "M. Can-Can", y la de *La Libertad* del 4 de marzo de 1884, titulada *Cartas a mi abuela* y firmada "Ignotus".

La primera de estas dos versiones lleva un pasaje introductorio de unos veinte renglones, que en la segunda queda reducido a cinco. Fuera de esto, sólo hay ligerísimas diferencias de fraseología y puntuación entre las dos versiones.

Publicamos el texto de 1884, sustituyendo el título original por otro más significativo.

No sabemos de ninguna colección que lo incluya.

novela muy moral del Sr. Pérez Escrich. Verme y correr más colorada que una grana, fue obra de un instante.
—¿Está visible la señora?
Una criada conventual me contestó que sí. Después pude advertir que esto era falso. La señora no estaba visible, ni lo ha estado nunca ni lo estará jamás; porque es de lo más feo que he visto yo en mi vida. Ya una vez en la sala y frente a frente, canté claro. Por de contado que debí desentonarme horriblemente, porque el caso no era para menos. Así me hubiera visto frente a un toro puntal, que no habría padecido más tormentos. El corazón me hacía tic, tac, tac, tic, como si estuviera encaramado en el sillón de un sacamuelas. La suegra me veía de arriba a abajo, y la seda finísima de su bigote se iba erizando poco a poco como las púas de un puerco espín.
—Perfectamente, caballero, —dijo—; yo tomaré los informes necesarios y daré a Ud. mi respuesta. Si la niña quiere...
—¡Pues ya lo creo señora!
—¿De qué vive Ud.?
—¿Decía Ud....?
—¿Cuál es la profesión de Ud.?
—Señora, profesión propiamente hablando, yo no tengo. Busco diez pesos diarios.
A los ocho días, volví a la casa en busca de la respuesta deseada.
—Caballero, ¡es Ud. un desesperado!
—¡Señora!
—¡Me ha engañado Ud.!
—¿Ésas tenemos?...
—¡Conque buscaba Ud. diez pesos diarios! ¡Embustero! No tiene Ud. oficio ni beneficio: ¡es Ud. un vago!
—Perdone Ud., señora; yo he dicho a Ud. que *buscaba* diez duros diarios; y eso es tan cierto como que hay un Dios. ¡Los busco, señora, pero no los hallo!
Mi suegra, como Uds. supondrán, me puso de patitas en la calle. La niña estaba, como el primer día, mordiendo un clavel rojo y leyendo una novela moral del Sr. Pérez Escrich. Al verme salir, confuso y desolado, me sacó la lengua. Puedo asegurar a Ud., señora abuela, que tiene la más preciosa lengua que yo he visto: ¡una lengua de marta cebellina o de conejo!
El primer día, tuve tentaciones de hacer versos. Venturosamente, la reflexión madura llegó a tiempo y me convencí de que no era tan grande mi desgracia. En efecto, si nos hubié-

ramos casado, es muy probable que en un tierno coloquio de amor y hambre, entre beso y beso, me hubiera arrancado medio carrillo de un mordisco. A buen hambre no hay pan duro.

Digo todo esto con la mano en la conciencia y sin que nada se me quede en el estómago. La prueba es que compré un lorito de Canarias, para ver si podía mantenerlo e irme acostumbrando a los gastos del matrimonio, y a los cuatro días el lorito murió de hambre. Conque ahí verán Uds....

Viendo, pues, lo desastrado de mi situación, resolví solicitar un empleíllo, aunque éste fuese de contador general de pulgas en cualquier teatro. Los empresarios son hombres de malas pulgas y me dieron con la puerta... en los delgados labios.

Ya me estaba poniendo malucho y pensaba muy seriamente en comerme medio brazo, cuando recibí el nombramiento de enterrador segundo en una conocida compañía ferrocarrilera. Gano poco; diez y ocho duros cada mes, con más los gajes, que andan abundantes. Tengo, por ejemplo, el usufructo de la ropa que llevaban los difuntos el día del descarrilamiento. Con esto, reúno cien o doscientos trajes cada mes, y estoy tan elegante, que da gusto verme.

Pero resulta de todo esto, que apenas me alcanza el día para dar sepultura a los difuntos, y como el pan con el sudor de mi rostro. En tal virtud, y no encontrando otro camino, he resuelto, señora abuela, sostener con Ud. una correspondencia semanaria. La verdad es que yo tengo muchas cosas que decirle a Ud. Cada vez que ensarto una de mis historias y novelerías, oigo que dicen:

—¡Cuéntaselo a tu abuela!

Me parece descortesía el seguir desoyendo estas indicaciones, y voy, pues, a contarle muchas cosas, que, si a Ud. no le hacen gracia, a mí me importan un comino. ¡Al avío, pues! Conque, decíamos que...

EN LA CALLE[1]

CALLE ABAJO, calle abajo, por uno de esos barrios que los carruajes atraviesan rumbo a Peralvillo, hay una casa pobre, sin cortinas de sol en los balcones ni visillos de encaje en las vidrieras, deslavazada y carcomida por las aguas llovedizas, que despintaron sus paredes blancas, torcieron con su peso las canales, y hasta llenaron de hongos y de moho la cornisa granujienta de las ventanas. Yo, que transito poco o nada por aquellos barrios,

[1] Este cuento resultó de la combinación de extractos de dos escritos anteriores. El 30 de abril de 1882 Gutiérrez Nájera publicó dos crónicas en dos periódicos diferentes: una, titulada *Crónica de las carreras* y firmada "M. Gutiérrez Nájera", en *El Nacional*, y otra, titulada *En las carreras* y firmada "M. Can-Can", en *El Cronista de México*. Al preparar sus *Cuentos frágiles*, en 1883, el autor combinó las dos o tres primeras páginas de *Crónica de las carreras* con la primera de *En las carreras* para formar el cuento *En la calle*. Añadió sólo el corto párrafo que empieza "Apartando la vista", para articular las dos partes del cuento, añadió las dos últimas frases: "Nada más la enfermita...", e hizo unos ligeros cambios de fraseología en los párrafos precedentes.

Publicamos la versión de *Cuentos frágiles*.

Al revisar *En la calle* para los *Cuentos frágiles*, el autor excluyó el siguiente párrafo, que en *El Cronista de México* ocurre inmediatamente después de la frase: "Una duquesa o una prostituta":

Cecilia no es ni lo uno ni lo otro: es la mujer de un comerciante deshonrado que se ha enriquecido a fuerza de hacer bancarrota. Es una gota de agua clara que cayó en el fango, y que el hábil banquero convirtió en brillante al engarzarla en oro. Hoy vale mucho: casi tanto como su marido. Tiene palco, en el teatro, yeguas árabes en sus caballerizas, encajes en su armario, joyas en sus cofres y amantes en su canapé. El marido viste a su mujer y explota a sus amantes. Para él, es una cantera de alabastro que produce oro; algo muy parecido a esos espejos giratorios que dando vueltas a la luz del sol atraen a ciertas aves, las embriagan, y dejan que las atrape el cazador.

En *La Libertad* del 5 de noviembre de 1882, con el título *Crónica color de muertos* y la firma "El Duque Job", Gutiérrez Nájera publicó una larga crónica que incluyó, como las dos primeras de sus seis partes, los dos relatos que habían aparecido en abril en *El Nacional* y *El Cronista* respectivamente, y que se titulan aquí *La enfermita* y *La insolente*. En *La Libertad* faltan las frases conectivas que se ven en *Cuentos frágiles*, de manera que no forman conjunto. Además, las otras cuatro partes de la *Crónica color de muertos* ni son narrativas ni tienen relación con las historias de las dos hermanas; por eso, el conjunto no es cuento sino crónica. Las *Obras* de 1898 reimprimen la crónica de *La Libertad* con el mismo título bajo el encabezamiento *Crónicas y fantasías*.

fijaba la mirada con curiosidad en cada uno de los accidentes y detalles. El carruaje en que iba caminaba poco a poco, y conforme avanzábamos, me iba entristeciendo gravemente. Siempre que salgo rumbo a Peralvillo me parece que voy a que me entierren. Distraído, fijé los ojos en el balcón de la casita que he pintado. Una palma bendita se cruzaba entre los barrotes del barandal y, haciendo oficios de cortina, trepaba por el muro y se retorcía en la varilla de hierro una modesta enredadera, cuajada de hojas verdes y de azules campanillas. Abajo, en un tiesto de porcelana, erguía la cabecita verde, redonda y bien peinada, el albahaca. Todo aquello respiraba pobreza, pero pobreza limpia; todo parecía arreglado primorosamente por manos sin guante, pero lavadas con jabón de almendra. Yo tendí la mirada al interior, y cerca del balcón, sentada en una gran silla de ruedas, entre dos almohadones blancos, puestos los breves pies en un pequeño taburete, estaba una mujer, casi una niña, flaca, pálida, de cutis trasparente como las hojas delgadas de la porcelana china, de ojos negros, profundamente negros, circuidos por las tristes violetas del insomnio. Bastaba verla para comprenderlo: estaba tísica. Sus manos parecían de cera; respiraba con pena, trabajosamente, recargando su cabeza, que ya no tenía fuerza para erguir, en la almohada que le servía de respaldo, y viendo con sus ojos, agrandados por la fiebre, esa vistosa muchedumbre que caminaba en son de fiesta a las carreras, agitando la sombrilla de raso o el abanico de marfil, la caña de las indias o el cerezo.

Los carruajes pasaban con el ruido armonioso de los muelles nuevos; el landó, abriendo su góndola, forrada de azul raso, descubría la seda resplandeciente de los trajes y la blancura de las epidermis; el faetón iba saltando como un venado fugitivo, y el *mail coach,* coronado de sombreros blancos y sombrillas rojas, con las damas coquetamente escalonadas en el pescante y en el techo, corría pesadamente, como un viejo soltero enamorado, tras la griseta de ojos picarescos. Y parecía que de las piedras salían voces, que un vago estrépito de fiesta se formaba en los aires, confundiendo las carcajadas argentinas de los jóvenes, el rodar de los coches en el empedrado, el chasquido del látigo que se retuerce como una víbora en los aires, el son confuso de las palabras y el trote de los caballos fatigados. Esto es: vida que pasa, se arremolina, bulle, hierve; bocas que sonríen, ojos que besan con la mirada, plumas, sedas, encajes blancos y pestañas negras; el rumor de la fiesta desgranando su collar de sonoras perlas en los verdosos vidrios de esa humilde casa, donde se iba extinguiendo una existencia joven e íbanse apagando dos pupilas negras, como se extingue una bujía lamiendo con su llama la arandela, y como se desvanecen y se apagan los blancos y fríos luceros de la madrugada.

El sol parece enrojecer la seda de las sombrillas y la sangre de las venas: ¡quizá ya no le veas mañana, pobre niña! Toda esa muchedumbre canta, ríe: tú ya no tienes fuerzas para llorar y ves ese mudable panorama, como vería las curvas y los arabescos de la danza el alma que penase en los calados de una cerradura. Ya te vas alejando de la vida, como una blanca neblina que el sol de la mañana no calienta. Otras ostentarán su belleza en los almohadones del carruaje, en las tribunas del *turf*, y en los palcos del teatro; a ti te vestirán de blanco, pondrán la amarilla palma entre tus manos, y la llama oscilante de los cirios amarillos perderá sus reflejos en los rígidos pliegues de tu traje y en los blancos azahares, adorno de tu negra cabellera.

Tú te ases a la vida, como agarra el pequeñito enfermo los barrotes de su cama para que no lo arrojen a la tina llena de agua fría. Tú, pobre niña, casi no has vivido. ¿Qué sabes de las fiestas en que choca el cristal de las delgadas copas y se murmuran las palabras amorosas? Tú has vivido sola y pobre, como la flor roja que crece en la granosa oquedad de un muro viejo o en el cañón de una canal torcida. No envidias, sin embargo, a los que pasan. ¡Ya no tienes fuerza ni para desear!

Apartando la vista de aquel cuadro, la fijé en los carruajes que pasaban.

El landó en que Cecilia se encaminaba a las carreras era un landó en forma de góndola, con barniz azul obscuro y forro blanco. Los grandes casquillos de las ruedas brillaban como si fuesen de oro, y los rayos, nuevos y lustrosos, giraban deslumbrando las miradas con espejos de barniz nuevo. Daba grima pensar que aquellas ruedas iban rozando los guijarros angulosos, las duras piedras y la arena lodosa de las avenidas. Cecilia se reclinaba en los mullidos almohadones, con el regodeo y deleite de una mujer que antes de sentir el contacto de la seda, sintió los araños de la jerga. Iba contenta; se conocía que acababa de comer trufas. Si un chuparrosa hubiera cometido la torpeza de confundir sus labios con las ramas de mirto, habría sorbido en esa ánfora escarlata la última gota de champagne.

Cecilia entornaba los párpados para no sentir la cruda reverberación del sol. La sombrilla roja arrojaba sobre su cara picaresca y su vestido lila, un reflejo de incendio. El anca de los caballos, herida por la luz, parecía de bronce florentino. Los curiosos, al verla, preguntaban:

—¿Quién será?

Y un amigo filósofo, haciendo memoria de cierta frase gráfica, decía:

—Una duquesa o una prostituta.

Nada más la enfermita moribunda conoció a esa mujer. Era su hermana.

UNA VENGANZA[1]

MI BUENA AMIGA:

Te escribo oyendo el ruido de los últimos carruajes que vuelven del teatro. He tomado café —un café servido por la pequeña mano de una señorita que, a pesar de ser bella, tiene *esprit*—. Por consiguiente, voy a pasar la noche en vela.

Imagínome, pues, que he ido a un baile, te he encontrado y conversamos ambos bajo las anchas hojas de una planta exótica, mientras toca la orquesta un vals de Mêtra y van los caballeros al *buffet*.

Si tú quieres, murmuremos. Voy a hablarte de las mujeres que acabo de admirar en el teatro. Imagínate que estás ahora en tu platea y observas a través de mis anteojos.

Mira a Clara. Ésa es la mujer que no ha amado jamás. Tiene ojos tan profundos y tan negros como el abra de una montaña en noche obscura. Allí se han perdido muchas almas. De esa obscuridad salen gemidos y sollozos, como de la barranca en que se precipitaron fatalmente los caballeros del Apocalipsis. Muchos se han detenido ante la obscuridad de aquellos ojos, esperando la repentina irradiación de un astro: quisieron sondear la noche y se perdieron.

---

[1] Este cuento se desarrolló de una manera rarísima en los escritos periodísticos de Gutiérrez Nájera. En 30 de abril de 1882, como hemos indicado en las notas al cuento *En la calle*, Manuel publicó en *El Cronista de México* un artículo titulado *En las carreras* y firmado "M. Can-Can", del cual procede la segunda parte del cuento *En la calle*.

En el mismo artículo figura, inmediatamente después de la sección a que acabamos de aludir, la parte del presente cuento que va desde "Mira a Clara" hasta "Esa grave matrona expende esposas. Tiene mucha existencia".

En *El Cronista de México* del 2 de julio de 1882, el autor publicó otro titulado *Cartas a mi abuela (Una venganza)* y firmado "M. Can-Can", de donde viene casi todo el resto del presente cuento, desde "¿Quién es? Sus grandes ojos verdes..." hasta "Era el marido de Alicia".

Más tarde en el mismo año, el 3 de septiembre de 1882, se publicó en *La Libertad* un artículo titulado *Crónica color de papel Lacroix* y firmado "El Duque Job", en el cual aparecieron por primera vez los dos cortos párrafos que ahora se ven al principio del cuento, desde "Te escribo oyendo..." hasta "...caballeros al *buffet*".

Al preparar el manuscrito de los *Cuentos frágiles* en 1883, el autor intercaló entre las partes del cuento que ya hemos mencionado, cuatro pequeños párrafos nuevos: el que empieza "Si tú quieres, murmuremos", casi al principio; "Convierte ahora tus miradas...", en la segunda página;

Las aves al pasar le dicen: ¿No amas? Amar es tener alas. Las flores que pisa le preguntan: ¿No amas? Amor es el perfume de las almas. Y ella pasa indiferente, viendo con sus pupilas de acero negro, frías e impenetrables, las alas del pájaro, el cáliz de la flor y el corazón de los poetas.

Viene de las heladas profundidades de la noche. Su alma es como un cielo sin tempestades, pero también sin estrellas. Los que se le acercan, sienten el frío que difunde en torno suyo una estatua de nieve. Su corazón es frío como una moneda de oro en día de invierno.

¿Quién es la esbelta rubia que sonríe en aquel palco? Es un patrón de modas recortado. Por esa frente no han pasado nunca las alas blancas de los pensamientos buenos, ni las alas negras de los pensamientos malos. Sus amores duran lo que la hirviente espuma del champagne en la orilla de la copa. Jamás permitiría que un hombre la ciñera con sus brazos: no quiere que se ajen y desarreglen sus listones. ¿Queréis saber cómo es su alma? Figúrate una muñeca hecha de encaje blanco, con plumas de faisán en la cabeza y ojos de diamante. Cuando habla, su voz suena como la crujiente falda de una túnica de raso, rozando los peldaños marmóreos de una escalinata. No sabe dónde tiene el corazón. Jamás se lo pregunta su modista.

Esa grave matrona expende esposas. Tiene mucha existencia.

Convierte ahora tus miradas a la platea que está frente a nosotros. Una mujer divinamente hermosa la ocupa.

y "En este instante suena..." y "Conque te he dicho ya...", al final del cuento.

En *El Partido Liberal* del 20 de septiembre de 1891, titulado *Una venganza* y firmado "El Duque Job", se publicó por primera vez el cuento en la forma en que aparece en este volumen. En esta versión se añadieron a lo antes conocido sólo las palabras "Mi buena amiga", al principio. Ésta es también la forma en que se publicó el cuento en la *Revista Azul* del 12 de mayo de 1895, algunos meses después de la muerte del autor.

La versión del cuento que apareció en *Cuentos frágiles*, en 1883, y que fue reimpresa en las *Obras*, 1898, se diferencia en algunos detalles de la de 1891 y 1895.

El título *La venganza de Mylord*, que aparece en las ediciones de 1883 y de 1898, se debe sólo a que la versión del dos de julio de 1882 termina con las palabras: *"Post-data"*.—Había olvidado decir que el esposo era inglés". En 1891 y 1895 se usa el título "Una venganza", que aquí preferimos.

¿Quién es? Sus grandes ojos verdes, velados por larguísimas pestañas negras, tiemblan de efusión cuando se fijan en el cielo, como si estuvieran enamorados de los luceros. Sus manos esgrimen el abanico, como si quisieran adiestrarse en la esgrima del puñal. Créelo: esa mujer es capaz de matar al hombre que la engañe. Sus labios se entreabren suavemente para dar salida al exceso de alma que hay en ella.

Tras las varillas flexibles del corsé, su corazón late cadenciosamente; ¡pobre niño que golpea con su manecita una muralla!

¿Cuántos años tiene? Ha cumplido veinticinco; no sé cuántas semanas, meses o años hace. Siendo niña, una pordiosera que acostumbraba decir la buenaventura, le predijo que el hombre a quien amara sería espantosamente desgraciado. Su marido —un banquero— es muy feliz. Alicia —así se llama— está rodeada siempre de cortejos presuntuosos y enamorados fatuos.

Cuando va de paseo, diríase que es un general pasando revista a sus soldados, que presentan las armas. Ella, sonriente, gozando en las pasiones que inspira sin participar de ellas, asoma su cabeza de Joconda[2] por la portezuela del cupé y saluda con la mano enguantada o con el abanico a los platónicos adoradores de su cuerpo. El hombre a quien saluda con los ojos no es conocido aún.

¿Será honrada? ¿Será honesta? Las mujeres la miran con desprecio y los hombres la cortejan. Nadie podría decir quién es su amante o quién lo ha sido; pero todos tienen la certidumbre de que alguno lo será. La lotería no se hace aún; el número que ha de obtener el gran premio, duerme en el globo, confundido con los otros: puede ser el de aquél, puede ser el mío, pero es alguno. La jaula está preparada para el pájaro: en la mesita de sándalo donde Alicia toma el té, hay dos tazas. Un necio diría que alguna es la taza del amante. ¡Falso! Es la taza del marido. Cuando el amante llegue, Alicia y él beberán en la misma taza, como Paolo y Francesca[3] leían en el mismo libro. Después la harán pedazos o la arrojarán al mar —¡como el rey de Thulé![4]

El Galeoto social no yerra tan a menudo como algunos

[2] *La Gioconda*, obra maestra de Leonardo da Vinci (1452-1519).
[3] Pareja de amantes que figura en la *Divina Comedia* de Dante (1265-1321).
[4] Personaje principal de la famosa balada de Goethe (1749-1832) *Es war ein König in Thule*.

creen. Lo que sucede es que se anticipa a la verdad. Es como las mujeres que conocen el amor que han inspirado, media hora antes de que el hombre se dé cuenta de que existe. Un buque sale del puerto lleno de mercancías y pasajeros: el cielo está muy azul, sin un solo punto negro. Pasan los días y las semanas, sin que llegue a los oídos de nadie la noticia de un temporal o de una borrasca. Y sin embargo, cierto día, sin que se sepa cómo ni por qué, se esparce la voz de que aquel barco ha naufragado. ¿Quién lo dice? Todos. ¿Quién recibió la fatal nueva? Nadie. Quince días después, se sabe la espantosa verdad, y los periódicos refieren por menor los horribles detalles del naufragio.

Una mujer es fiel a su marido. Nadie puede acusarla de adulterio. Vive como Penélope,[5] en su hogar. Desecha con altivez a los que solicitan su cariño. Pero el Galeoto, que mira y prevé todo, murmura entre dos cuadrillas, bajo las anchas hojas de una planta exótica erguida sobre rico tibor chino: ¡esa mujer tiene un amante! Y no es verdad: pero un día, una semana, un año después, la mujer tiene un amante. El Galeoto se equivoca nada más en la conjugación del verbo: debía haber dicho: *tendrá*.

Y la esposa no falta a su deber porque el mundo lo dice; como el barco no perece porque la gente vaticina el naufragio. Así, el mundo dice que Alicia es desleal, y en torno de ella se agrupan los cazadores en vedado, como los náufragos hambrientos en la balsa de la Medusa. Pero Alicia no ama a ninguno: guarda su tesoro y no quiere despilfarrarlo como pródiga.

Mas he aquí que una noche llega al salón de Alicia un joven soñador y le dice al oído:

—¡Cómo se parece Ud. a mi primera novia! Ella era baja de estatura y Ud. es alta; ella era morena, Ud. es rubia; ella tenía los ojos negros, los de Ud. son verdes; pero yo la amaba; yo amo a Ud. y en esto se parecen.

Dos horas después, Alfredo era amante de Alicia. El huésped prometido había llegado. El banquero continuaba siendo muy feliz.

Ayer, mientras el marido terminaba su correspondencia, Alicia salió en el cupecito azul tirado por dos yeguas color de ámbar. Los pocos ociosos que desafiaban la lluvia en la calzada,

---

[5]Mujer de Ulises, en la *Odisea* de Homero. Es el prototipo de la fidelidad conyugal.

vieron que el cupecito proseguía su marcha rumbo a Chapultepec. ¿Qué iba a hacer? Los grandes ahuehuetes, moviendo sus cabezas canas, se decían en voz baja el secreto. Las yeguas trotaban y el coche se perdió en la avenida más umbrosa y más recóndita del bosque. Alfredo abrió la portezuela y tomó asiento junto a la hermosa codiciada. Llovía mucho. Quizá para impedir que el agua entrase, mojando el traje de Alicia, cerró Alfredo cuidadosamente las persianas. Si alguno erraba a tales horas por el bosque, pudo decir para sus adentros: ¿quiénes irán dentro del cupé? Afortunadamente, cada vez arreciaba más la lluvia, y sólo un pobre trabajador, oculto en la entrada obscura de la gruta, pudo ver el cupé que continuaba paso a paso su camino, subiendo por la rampa del castillo. Las ancas de las yeguas, lavadas y bruñidas por la lluvia, parecían de seda color de oro.

El trabajador, dejando a un lado los costales que rebosaban hebras de heno, asomó la cabeza para mirar cómo subía el carruaje hasta las rejas del castillo. Allí se detuvo: los amantes se apearon y torcieron sus pasos rumbo a los corredores, mudos y desiertos. Un hombre, cuidadosamente recatado, había subido al propio tiempo. Luego que hubo llegado al sitio en donde quedaba el cupé vacío, bajó el embozo de su capa e hizo una señal imperativa al cochero, que, viendo el rostro del desconocido, se puso pálido como la cera. Bajó luego del pescante, y tras cortísimas palabras que mediaron entre ambos, se quitó el carrick para que con él se ocultara el recién llegado. Media hora después, los amantes salieron del castillo; subieron al carruaje nuevamente, y Alicia, sacando su cabeza rubia por la portezuela, dijo: ¡a casa! Las yeguas partieron a galope, pero..., ¿a dónde iban? Torciendo el rumbo, el cochero encaminaba el carruaje al abismo, como si en vez de bajar por la empinada rampa quisiera precipitarse desde lo alto del cerro. Los amantes, que habían vuelto a cerrar las persianas, nada veían. ¿A dónde iban? De pronto las yeguas se detuvieron, como si alguna mano de gigante las hubiera agarrado por los cascos. Relinchando miraban el abismo que se abría a sus plantas. Las persianas del cupé seguían cerradas. El cochero, de pie en el pescante, azotó las yeguas; el coche se columpió un momento en el vacío y fue a estrellarse, hecho pedazos, en la tierra. No se escuchó ni un grito, ni una queja. A veinte varas de distancia, se halló el cadáver del cochero. Era el marido de Alicia.

En este instante suena la campanilla y ese agudo son me vuelve a la realidad. No; no es Alicia la que miro en aquel palco. Alicia duerme ya en el camposanto. Es una mujer que se le parece mucho y que morirá tan desastrosamente como ella. ¡Dios confunda a los maldicientes! La lengua mata más que los puñales.

Conque te he dicho ya que esa señora...

LA MAÑANA DE SAN JUAN[1]

A Gonzalo Esteva y Cuevas[2]

POCAS mañanas hay tan alegres, tan frescas, tan azules como esta mañana de San Juan. El cielo está muy limpio, "como si los ángeles lo hubieran lavado por la mañana"; llovió anoche y todavía cuelgan de las ramas brazaletes de rocío que se evaporan luego que el sol brilla, como los sueños luego que amanece; los insectos se ahogan en las gotas de agua que resbalan por las hojas, y se aspira con regocijo ese olor delicioso de tierra húmeda, que sólo puede compararse con el olor de los cabellos negros, con el olor de la epidermis blanca y el olor de las páginas recién impresas. También la naturaleza sale de la alberca con el cabello suelto y la garganta descubierta; los pájaros, que se emborrachan con el agua, cantan mucho, y los niños del pueblo hunden su cara en la gran palangana de metal. ¡Oh mañanita de San Juan, la de camisa limpia y jabones perfumados, yo quisiera mirarte lejos de estos calderos en que hierve grasa humana; quisiera contemplarte al aire libre, allí donde apareces virgen todavía, con los brazos muy blancos y los rizos húmedos! Allí eres virgen: cuando llegas a la ciudad, tus labios rojos han besado mucho; muchas guedejas rubias de tu undívago cabello se han quedado en las manos de tus mil amantes, como queda el vellón de los corderos en los zarzales del camino;[3] muchos brazos han rodeado tu cintura; traes en el cuello

---

[1] *La mañana de San Juan* es uno de los cuentos más conocidos de Gutiérrez Nájera. Se imprimió cinco veces por lo menos en periódicos mexicanos: en *El Cronista de México* del 25 de junio de 1882 bajo el título de *Cartas a mi abuela (Mañana de San Juan)*, y firmado "M. Can-Can"; en *El Nacional* a fines de 1882, *Mañanita de San Juan* y "M. Gutiérrez Nájera"; en *La Libertad* del 6 de julio de 1884, *Crónicas kaleidoscópicas* y "El Duque Job"; en *El Correo de las Señoras* el 3 de julio de 1887, *La mañana de San Juan* y "Manuel Gutiérrez Nájera" y en *El Partido Liberal* del 27 de junio de 1893, *Cuentos de casa—La mañana de San Juan*, y "El Duque Job". Fue reimpreso en *Letras de México*, núm. 109, 1º de marzo de 1945. También aparece en *Cuentos frágiles*, 1883, *Obras*, 1898, y en otras muchas recopilaciones de los cuentos de nuestro autor. Empezando con 1883, todas las versiones son iguales, fuera de algún detalle de fraseología o de puntuación. Publicamos la de 1893.

[2] Esta dedicatoria aparece por primera vez en *El Nacional* en 1882.

[3] Imagen favorita de Nájera. Véase *Carta de un suicida*, nota 3 e *Historia de una corista*, nota 6.

la marca roja de una mordida, y vienes tambaleando, con traje de raso blanco todavía, pero ya prostituido, profanado, semejante al de Giroflé[4] después de la comida, cuando la novia muerde sus inmaculados azahares y empapa sus cabellos en el vino! ¡No, mañanita de San Juan, así yo no te quiero! Me gustas en el campo: allí donde se miran tus azules ojitos y tus trenzas de oro. Bajas por la escarpada colina poco a poco; llamas a la puerta o entornas sigilosamente la ventana, para que tu mirada alumbre el interior, y todos te recibimos como reciben los enfermos la salud, los pobres la riqueza y los corazones el amor. ¿No eres amorosa? ¿No eres muy rica? ¿No eres sana? Cuando vienes, los novios hacen sus eternos juramentos; los que padecen, se levantan vueltos a la vida; y la dorada luz de tus cabellos siembra de lentejuelas y monedas de oro el verde obscuro de los campos, el fondo de los ríos, y la pequeña mesa de madera pobre en que se desayunan los humildes, bebiendo un tarro de espumosa leche, mientras la vaca muge en el establo. ¡Ah! Yo quisiera mirarte así cuando eres virgen, y besar las mejillas de Ninon[5]... ¡sus mejillas de sonrosado terciopelo y sus hombros de raso blanco!

Cuando llegas, ¡oh mañanita de San Juan!, recuerdo una vieja historia que tú sabes y que ni tú ni yo podemos olvidar. ¿Te acuerdas? La hacienda en que yo estaba por aquellos días, era muy grande; con muchas fanegas de tierra sembrada e incontables cabezas de ganado. Allí está el caserón, precedido de un patio, con su fuente en medio. Allá está la capilla. Lejos, bajo las ramas colgantes de los grandes sauces, está la presa en que van a abrevarse los rebaños. Vista desde una altura y a distancia, se diría que la presa es la enorme pupila azul de algún gigante, tendido a la bartola sobre el césped. ¡Y qué honda es la presa! ¡Tú lo sabes...!

Gabriel y Carlos jugaban comúnmente en el jardín. Gabriel tenía seis años; Carlos siete. Pero un día, la madre de Gabriel y Carlos cayó en cama, y no hubo quien vigilara sus alegres correrías. Era el día de San Juan. Cuando empezaba a declinar la tarde, Gabriel dijo a Carlos:

—Mira, mamá duerme y ya hemos roto nuestros fusiles. Va-

---

[4] Alusión a la ópera bufa *Giroflé-Girofla*, por Leterrier, Vanloo y Lecocq (1874).

[5] Personaje de *Contes à Ninon* (1864) y *Nouveaux contes à Ninon* (1874) de Émile Zola (1840-1902).

mos a la presa. Si mamá nos riñe, le diremos que estábamos jugando en el jardín.
Carlos, que era el mayor, tuvo algunos escrúpulos ligeros. Pero el delito no era tan enorme, y además, los dos sabían que la presa estaba adornada con grandes cañaverales y ramos de zempazúchil. ¡Era día de San Juan!
—¡Vamos! —le dijo— llevaremos un *Monitor* para hacer barcos de papel y les cortaremos las alas a las moscas para que sirvan de marineros.
Y Carlos y Gabriel salieron muy quedito para no despertar a su mamá, que estaba enferma. Como era día de fiesta, el campo estaba solo. Los peones y trabajadores dormían la siesta en sus cabañas. Gabriel y Carlos no pasaron por la tienda, para no ser vistos, y corrieron a todo escape por el campo. Muy en breve llegaron a la presa. No había nadie: ni un peón, ni una oveja. Carlos cortó en pedazos el *Monitor* e hizo dos barcos, tan grandes como los navíos de Guatemala. Las pobres moscas que iban sin alas y cautivas en una caja de obleas, tripularon humildemente las embarcaciones. Por desgracia, la víspera habían limpiado la presa, y estaba el agua un poco baja. Gabriel no la alcanzaba con sus manos. Carlos, que era el mayor, le dijo:
—Déjame a mí que soy más grande. Pero Carlos tampoco la alcanzaba. Trepó entonces sobre el pretil de piedra, levantando las plantas de la tierra, alargó el brazo e iba a tocar el agua y a dejar en ella el barco, cuando, perdiendo el equilibrio, cayó al tranquilo seno de las ondas. Gabriel lanzó un agudo grito. Rompiéndose las uñas con las piedras, rasgándose la ropa, a viva fuerza logró también encaramarse sobre la cornisa, tendiendo casi todo el busto sobre el agua. Las ondas se agitaban todavía. Adentro estaba Carlos. De súbito, aparece en la superficie, con la cara amoratada, arrojando agua por la nariz y por la boca.
—¡Hermano! ¡hermano!
—¡Ven acá! ¡ven acá! no quiero que te mueras.
Nadie oía. Los niños pedían socorro, estremeciendo el aire con sus gritos; no acudía ninguno. Gabriel se inclinaba cada vez más sobre las aguas y tendía las manos.
—Acércate, hermanito, yo te estiro.
Carlos quería nadar y aproximarse al muro de la presa, pero ya le faltaban fuerzas, ya se hundía. De pronto, se movieron las ondas y asió Carlos una rama, y apoyado en ella logró ponerse junto del pretil y alzó una mano; Gabriel la apretó

con las manitas suyas, y quiso el pobre niño levantar por los aires a su hermano que había sacado medio cuerpo de las aguas y se agarraba a las salientes piedras de la presa. Gabriel estaba rojo y sus manos sudaban, apretando la blanca manecita del hermano.

—¡Si no puedo sacarte! ¡Si no puedo!

Y Carlos volvía a hundirse, y con sus ojos negros muy abiertos le pedía socorro.

—¡No seas malo! ¿Qué te he hecho? Te daré mis cajitas de soldados y el molino de marmaja que te gustan tanto. ¡Sácame de aquí!

Gabriel lloraba nerviosamente, y estirando más el cuerpo de su hermanito moribundo, le decía:

—¡No quiero que te mueras! ¡Mamá! ¡Mamá! ¡No quiero que se muera!

Y ambos gritaban, exclamando luego:

—¡No nos oyen! ¡No nos oyen!

—¡Santo ángel de mi guarda! ¿Por qué no me oyes?

Y entretanto, fue cayendo la noche. Las ventanas se iluminaban en el caserío. Allí había padres que besaban a sus hijos. Fueron saliendo las estrellas en el cielo. Diríase que miraban la tragedia de aquellas tres manitas enlazadas que no querían soltarse, y se soltaban! Y las estrellas no podían ayudarles, porque las estrellas son muy frías y están muy altas!

Las lágrimas amargas de Gabriel caían sobre la cabeza de su hermano. Se veían juntos, cara cara, apretándose las manos, y uno iba a morirse!

—Suelta, hermanito, ya no puedes más; voy a morirme.

—¡Todavía no! ¡Todavía no! ¡Socorro! ¡Auxilio!

—¡Toma! voy a dejarte mi reloj. ¡Toma, hermanito!

Y con la mano que tenía libre sacó de su bolsillo el diminuto reloj de oro que le habían regalado el Año Nuevo. ¡Cuántos meses había pensado sin descanso en ese pequeño reloj de oro! El día en que al fin lo tuvo, no quería acostarse. Para dormir, lo puso bajo su almohada. Gabriel miraba con asombro sus dos tapas, la carátula blanca en que giraban poco a poco las manecitas negras y el instantero que, nerviosamente, corría, corría, sin dar jamás con la salida del estrecho círculo. Y decía:

—¡Cuando tenga siete años, como Carlos, también me comprarán un reloj de oro! —No, pobre niño; no cumples aún siete años y ya tienes el reloj. Tu hermanito se muere y te lo deja.

¿Para qué lo quiere? La tumba es muy obscura, y no se puede ver la hora que es.

—¡Toma, hermanito, voy a darte mi reloj; toma, hermanito!

Y las manitas ya moradas, se aflojaron, y las bocas se dieron un beso desde lejos. Ya no tenían los niños fuerza en sus pulmones para pedir socorro. Ya se abren las aguas, como se abre la muchedumbre en una procesión cuando la Hostia pasa. Ya se cierran y sólo queda por un segundo, sobre la onda azul, un bucle lacio de cabellos rubios!

Gabriel soltó a correr en dirección del caserío, tropezando, cayendo sobre las piedras que lo herían. No digamos ya más: cuando el cuerpo de Carlos se encontró, ya estaba frío, tan frío, que la madre, al besarlo, quedó muerta.

¡Oh mañanita de San Juan! ¡Tu blanco traje de novia tiene también manchas de sangre!

LA PASIÓN DE PASIONARIA[1]

¡Cómo se apena el corazón y cómo se entumece el espíritu, cuando las nubes van amontonándose en el cielo, o derraman sus cataratas, como las náyades vertían sus ricas urnas! En esas tardes tristes y pluviosas se piensa en todos aquellos que no son; en los amigos que partieron al país de las sombras, dejando en el hogar un sillón vacío y un hueco que no se llena en el espíritu. Tal parece que tiembla el corazón, pensando que el agua llovediza se filtra por las hendeduras de la tierra, y baja, como llanto, al ataúd, mojando el cuerpo frío de los cadáveres. Y es que el hombre no cree jamás en que la vida cesa; anima con la imaginación el cuerpo muerto cuyas moléculas se desagregan y entran al torbellino del eterno cosmos, y resiste a la ley ineludible de los seres. Todos, en nuestras horas de tristeza, cuando el viento sopla en el tubo angosto de la chimenea, o cuando el agua azota los cristales, o cuando el mar se agita y embravece; todos cual más, cual menos, desandamos con la imaginación este camino largo de la vida, y recordando a los ausentes, que ya nunca volverán, creemos oír sus congojosas voces en el quejido de la ráfaga que pasa, en el rumor del agua y en los tumbos del océano tumultuoso. El hijo piensa entonces en su amante padre, cuyos cabellos canos le finge la nieve prendida en los árboles; el novio, cuya gentil enamorada robó el cielo, piensa escuchar su balbuceo de niña en el ruido melancólico del agua; y el criminal, a quien atenacea el remordimiento, cierra sus oídos a la robusta sonoridad del océano, que, como Dios a Caín,

---

[1] Se publicó cinco veces por lo menos en la prensa mexicana: en *El Cronista de México* del 9 de julio de 1882, bajo el título *Cartas a mi abuela* y firmado "M. Can-Can"; en *La Libertad* del 29 de octubre de 1882, *Crónica color de asilo* y "El Duque Job"; en *El Correo de las Señoras* el 10 de julio de 1887, *La pasión de Pasionaria* y "Manuel Gutiérrez Nájera", en *El Partido Liberal* del 4 de octubre de 1891, *¡Llueve! ¡Llueve!* y "El Duque Job"; y en *El Siglo Diecinueve* del 5 de agosto de 1893, también *¡Llueve! ¡Llueve!* y "El Duque Job". Fue recogido en *Cuentos frágiles*, 1883 y en *Obras*, 1898.

Las dos primeras versiones periodísticas se diferencian muy poco entre sí, y las recopilaciones mencionadas reimprimen esta forma del cuento. Las versiones de 1891 y 1893, que son idénticas, difieren algo de las versiones primitivas en cuanto a fraseología, sobre todo en el párrafo que empieza: "Días pasados, hablaba yo..."

Imprimimos la versión de 1893, por ser la última corregida por el autor, pero preferimos el título de la de 1893 y 1898.

le dice: ¿En dónde está tu hermano?[2] Y nadie piensa en que esos cuerpos están ya disyectos y en que sus átomos van, errantes y dispersos, del botón encarnado de la rosa a la carne del tigre carnicero; de la llama que oscila en la bujía a los ojos de la mujer enamorada; nadie quiere creer que sólo el alma sobrevive y que la vil materia se deshace; porque de tal manera encariñados nos hallamos con la envoltura terrenal, y tan grande es la predominación de nuestros sentimientos egoístas, que, por tener derecho a imaginar que nuestros cuerpos son eternos, no consentimos en creer que la inflexible muerte ha acabado con los demás, y calumniando a Dios, prolongamos la vida hasta pasada ya la orilla amarillenta en que comienzan los dominios de la muerte.

Este sentimiento es mayor en los pueblos que no alcanzan todavía un grado superior de civilización y de cultura. Los egipcios pensaban que sus deudos difuntos habían menester aún del alimento. Por eso pintaban en el interior de los sepulcros e hipogeos, fámulos y sirvientes provistos de bandejas llenas de sabrosos manjares, cacharros henchidos de agua y grandes panes. Nuestro pueblo conserva aún esa superstición, y deposita, en el día de los difuntos, en el camposanto, lo que llama la ofrenda.

Días pasados, hablaba yo con una dama acerca de estos usos y costumbres. La lluvia no permitía que saliera de su casa, y allí, cautivos, entreteníamos la velada con cuentos de aparecidos y resucitados.

—¿No cree Ud. en la trasmigración de las almas? —me decía.

Solté a reír, y oprimiendo su mano, la contesté:

—Cuando miro esos ojos y esa boca, creo en la trasmigración de los espíritus. Vive en Ud. el alma de Cleopatra. ¿No es así?

Mi bella interlocutora, agradecida, desarrugó el ceño, contraído poco antes por lo huraño de la plática, y me dijo:

—No sé si los muertos vuelven, ni si emigran las almas a otros cuerpos; pero voy a narrarle una historia. Juan casó en segundas nupcias con Antonia. De su primera esposa quedábale una niña de siete años, a quien llamaban Rosalía sus padres, y Pasionaria los vecinos de la aldea. La primera mujer de Juan era todo lo que se llama un ángel de Dios. Paciente, sufridísima, amorosa, se veía en los ojos de su marido y en el fresco

---

[2] Véase *Génesis* 4, versículo 9.

palmito de la niña. Las comadres del pueblo, viendo su tez pálida, sus grandes ojos rodeados por círculos azules, y la marcada delgadez de su enfermizo cuerpo, decían que la mamá de Pasionaria no haría huesos viejos. Ella, alegre y resignada, esperaba la muerte cantando, como aguardan las golondrinas el invierno. Cierta noche, Andrea —que tal era su nombre— se agravó mucho, tanto que hubo necesidad de llamar a D. Domingo el curandero. ¡Todo inútil! La pobre madre se moría, sin que nadie pudiese remediarlo. Poco antes de entrar en agonía, llamó a su hija, que a la sazón contaba cinco años, y le dijo:

—Rosalía: ya me voy. Yo quisiera llevarte; pero el camino es muy largo y muy frío. Quédate aquí; tu padre te necesita y tú le hablarás de mí para que no me olvide. ¡Hasta mañana!

Andrea cerró los ojos, y Rosalía besó, llorando, sus manos que parecían de nieve. ¡Hasta mañana! Es verdad: ¡mañana es el cielo!

Juan era mozo todavía y se consoló a los once meses. Al año cabal, se había casado con Antonia. Ésta era mala, huraña y desconfiada. La madrastra —como en el pueblo la llamaban— hizo sufrir muchísimo a la pobre niña. La trataba con dureza, solía azotarla cuando Juan no estaba en casa, y hasta llegó a quemar un día sus manos con la plancha caliente. Rosalía lloraba; nada más. Cuando eran muchos sus padecimientos, decía en voz baja, con la cara pegada a los rincones:

—¡Madre! ¡madrecita!

Pero la pobrecita muerta no la oía. ¡Qué pesado ha de ser el sueño de los muertos! Las niñas del cortijo, viéndola tan triste, la invitaban a jugar. Pero ella no iba porque sus zapatitos no tenían ya suelas y los guijarros de la calle se le encajaban en la planta. A fuerza de zalamerías con su marido, Antonia había logrado enajenarle el cariño de su padre. Una noche, Pasionaria habló de su mamá; pero esa noche la dejaron sin cena y la pegaron.

—¡Malhaya la madrastra! —decían las buenas almas de la vecindad—. ¡Dios quiera acordarse de la pobrecita Pasionaria!

Dios tiene buena memoria y se acordó. Cuando nadie lo esperaba, y sin visible cambio en la conducta depravada de los padres, Pasionaria se fue reanimando, como la mecha de una lámpara cuando sube el aceite. Seguía siendo muy pálida, pero sus ojos brillaban tanto como la lamparilla que arde junto al Sacramento.

—¿Vas mejor, Pasionaria?
—¡Vaya que voy, como que ya me he puesto buena!
Sin embargo, un doctor que estuvo de temporada en el cortijo, vio a la niña y su pronóstico fue fatal. "A la caída de las hojas se nos va".
Pasionaria desmentía con su cambio este vaticinio. Pasionaria cantaba, haciendo los menesteres de la casa, siempre que Antonia, perezosa y egoísta, andaba de parranda con las cortijeras. Luego que la madrastra llegaba, Pasionaria enmudecía. ¡Así callan los pájaros cuando ven la escopeta de los cazadores! Las buenas gentes del cortijo se decían, con grandes muestras de compasión, que Pasionaria estaba loca. La habían visto hablar sola en los rincones, y hasta habían escuchado estas palabras:
—¡Madre! ¡madrecita!
Pasionaria no estaba loca. Pasionaria hablaba con su madre. La santa mujer, que tenía una silla de marfil y de oro cerca de los ángeles, pidió una audiencia a Dios Nuestro Señor para decirle:
—Señor: yo estoy muy contenta y muy regocijada en tu gloria, porque te estoy mirando; pero si no te enojas, voy a hablarte con franqueza. Tengo en la tierra un pedacito de mi alma que sufre mucho, y mejor quiero padecer con ella que gozar sola. Déjame ir a donde está; porque me llama la pobrecita y se está muriendo.
—Vete —dijo el Señor— pero si te vas no puedes ya volver.
—¡Adiós, Señor!
La gloria, sin sus hijos, no es gloria para una madre.
Aquella noche, Andrea se apareció a su hija y le habló así:
—Yo te dije que volvería y aquí me tienes. De hoy en más no te abandonaré: tú me darás la mitad de los mendrugos que te den por alimento, y cuando te azoten esas malas almas, dividiremos el dolor entre las dos.
Y así fue. Por eso Pasionaria estaba alegre, aunque el doctor dijera que se moría. No hay, sin embargo, naturaleza que resista a ese maltrato. A la caída de las hojas se murió. Juan, que en el fondo no era tan malo, se enjugó una lágrima, y el señor cura se la llevó a dormir al camposanto. Como era natural, en cuanto Dios supo la muerte, dijo a sus ángeles:
—Id a traerla, que aquí le tengo preparada una sillita baja de marfil y de oro, y un cajón lleno de juguetes y de dulces.
Los ángeles cumplieron el mandato, y madre e hija se pusieron en camino. Pero Andrea tenía cerrada la puerta del cielo

por desconfiada, y San Pedro, llamándola aparte, para que la niña no se enterase de nada, le dijo:

—Ya tú sabes lo que el amo dispuso: yo lo siento, viejita, pero el que fue a Sevilla perdió su silla.

—Bien sabido que lo tengo. Nada más llego a la puerta para dejar allí a la niña, y que entre sola. Ahora que va a gozar, ya no me necesita. Lo único que pido es que me den un lugarcito en el Purgatorio, con ventana para el cielo; que de ese modo podré verla desde allí—. San Pedro conferenció con el Señor, que dio su venia, y la madre se despidió de Pasionaria.

—Madrecita, si tú no entras yo me voy contigo.

—Calla, niña, que nada más voy por tu padre y vuelvo pronto.

¡Pronto, sí! Todavía la está esperando Pasionaria. La pobre madre está en el Purgatorio, muy contenta, viendo con el rabo del ojo a Pasionaria, que juega con los ángeles todo el día. Dios dice que, cuando llegue el juicio final, se acabará el Purgatorio, y que entonces se salvará la buena madre. ¡Dios mío! ¿cuándo se acaba el mundo para que no estén ausentes esas pobres almas?...

CUENTO TRISTE[1]

¿Por qué me pides versos? Hace ya tiempo que mi pobre imaginación, como una flor cortada antes de tiempo, quedó en los rizos negros de una espesa cabellera, tan tenebrosa como la noche y como mi alma. ¿Por qué me pides versos? Tú sabes bien que del laúd sin cuerdas no brotan armonías y que del nido abandonado ya no brotan los gorjeos. Vino el invierno y desnudó los árboles; se helaron las aguas del río donde bañabas tu pie breve, y aquella casa, oculta entre las ramas de los fresnos, ha oído frases de amor que no pronunciaron nuestros labios y risas que no alegraban nuestras almas. Parece que un mar inmenso nos separa. Yo he corrido tras el amor y tras la gloria, como van los niños tras la coqueta mariposa que se burla de su persecución y de sus gritos. Todas las rosas que encontré tenían espinas, y todos los corazones olvido. El libro de mi vida tiene una sola página de felicidad, y ésa es la tuya. No me pidas ya versos. Mi alma es como esos pájaros viejos que no saben cantar y que pierden sus plumas, una a una, cuando sopla el cierzo de diciembre. Hubo un momento en que creí que el amor era absoluto y único. No hay más que un amor en mi alma, como no hay más que un solo sol en el cielo —decía entonces. Después supe, estudiando astronomía, que los soles son muchos. Toqué a la puerta de muchos corazones y no me abrieron, porque adentro no había nadie. Yo vuelvo ya de todos los países azules en que florecen las naranjas color de oro. Estoy enfermo, triste. No creo más que en Dios, en mis padres y en ti. No me pidas versos.

Preciso es, sin embargo, que te hable y que te cuente una por una mis tristezas. Por eso voy a escribirte, para que leas mis pobres cartas junto a la ventana, y pienses en el ausente que jamás ha de volver. Las golondrinas vuelven, después de larga

[1] Apareció por lo menos tres veces en la prensa de México: en *El Nacional* del 25 de julio de 1882, con el título de *Cartas a Clara (Cuentos del jueves)* y firmado "Frú-Frú"; en *La Libertad* del 5 de abril de 1883: *Cartas de Junius (Cuentos del jueves)*, y "Junius"; y otra vez en *La Libertad*, el 27 de noviembre de 1884: *Cuentos del jueves* y "El Duque Job".

Se ha recopilado varias veces, empezando con *Obras*, 1898.

Las diferentes versiones se diferencian relativamente poco entre sí. Publicamos la de 1884, por ser al parecer la última que revisó el autor, pero preferimos el título *Cuento triste*, usado por primera vez en 1898.

ausencia, y se refugian en las ramas del pino. La brújula señala siempre el Norte. Mi corazón te busca a ti.

¿De qué quieres que te hable? Deja afuera la obscuridad y haz que iluminen tu alma las claridades del amor. Somos dos islas separadas por el mar; pero los vientos llevan a ti mis palabras y yo adivino las tuyas. Cuando la tarde caiga y las estrellas comiencen a brillar en el espacio, abre tú los pliegos cerrados que te envío y escucha las ardientes frases de pasión que lleva el aire a tus oídos. Figúrate que estamos solos en el bosque, que olvidé todo el daño que me has hecho, y que en el fondo del *cupé* capitoneado te hablo de mis ambiciones y mis sueños. Óyeme, como escuchas el canto de las aves, el rumor de las aguas, el susurro de la brisa. Hablemos ambos de las cosas frívolas, esto es, de las cosas serias. La tarde va a morir: el viento mueve apenas sus alas, como un pájaro cansado; los caballos que tiran del carruaje, corren hacia la casa, en busca de descanso; la sombra va cayendo lentamente... aprovechemos los instantes.

Hace muy pocos días paseaba yo por la calzada pensando en ti. La tarde estaba nublada y mi corazón triste. ¡Cómo han cambiado las cosas! Los carruajes que van hoy a la calzada no son los mismos que tú y yo veíamos. Veo caras nuevas tras de los cristales y no encuentro las que antes distinguía. ¿Te acuerdas de aquella rubia que encontrábamos siempre en un "trois quarts"[2] a la entrada del Bosque? Pues voy a referirte su novela. Amaba mucho; las ilusiones cantaban en su alma como una parvada de ruiseñores; se casó y la engañaron. Todavía recuerdo la impaciencia con que contaba los días que faltaban para su matrimonio. La noche en que recibió el traje de novia, creyó volverse loca de contento. Yo la miré en la iglesia al día siguiente, coronada de blancos azahares, trémula de emoción y con los ojos henchidos de lágrimas. ¿Quién nos hubiera dicho que aquel matrimonio era un entierro? Se amaban mucho los dos, o, por lo menos, lo decían así. Iban a realizar sus ilusiones; la riqueza les preparó un palacio espléndido, y los que de pie en la playa la miramos partir en barca de oro, decíamos:

—¡Dios la lleve a la felicidad!

Unos meses después, encontré a su marido en un café.

—¿Y Blanca?

—¡Está algo mala!

[2] Cupé de tamaño excepcional.

Era verdad, Blanca estaba mala; Blanca se moría. Enrique la dejaba por ir en pos de los placeres fáciles, y Blanca, sola en su pequeña alcoba, pasaba las noches sin dormir, mirando cómo se persiguen y se juntan las agujas en la carátula del reloj. Una noche Enrique no volvió. Al día siguiente, Blanca estaba más pálida: parecía de cera. Hubiérase creído que la luz del alba, que Blanca vio aparecer muchas veces desde su balcón, le había teñido el rostro con sus colores de azucena.

—¿Por qué no viene? —preguntaba sondeando con los ojos la obscuridad profunda de la calle.

Y graznaban las lechuzas, y el aire helado de la madrugada le hería el rostro, y Enrique no volvía. De repente sonaban pasos en las baldosas. Blanca se inclinaba sobre el barandal para ver si venía. ¡Esperanza frustrada! Era un borracho que regresaba a su casa, tropezando con los faroles y las puertas.

Así pasaron días, semanas, meses. Blanca estaba cada día peor. Los médicos no atinaban la cura de su enfermedad. ¿Acaso hay médicos de almas?

Una noche, Blanca le dijo a Enrique:

—No te vayas. Creo que voy a morirme. No me dejes.

Enrique se rio de sus temores, y fue al círculo donde le esperaban sus amigos. ¿Quién se muere a los veinte años?

Blanca le vio partir con tristeza. Se puso después frente a un espejo, alisó sus cabellos y comenzó a prender entre sus rizos diminutos botones de azahar. Dos grandes círculos morados rodeaban sus ojos. Eran las violetas de la muerte. Llamó en seguida a su camarera, se puso el traje blanco que le había servido para el día del matrimonio, y se acostó. Al amanecer, cuando Enrique volvía a casa, vio abiertos los balcones de su alcoba. Cuatro cirios ardían en torno de la cama. Blanca estaba muerta.

—¿Ya lo ves? La vida mundana, tan brillante por de fuera, es como los sepulcros blanqueados de que habla el Evangelio. La riqueza oculta con su manto de arlequín muchas miserias.

Cierra tus oídos a las palabras del eterno tentador. No ambiciones el oro, que es tan frío como el corazón de una coqueta. ¡Sé buena, reza mucho y ama poco!

LA NOVELA DEL TRANVÍA[1]

Cuando la tarde se obscurece y los paraguas se abren, como redondas alas de murciélago, lo mejor que el desocupado puede hacer es subir al primer tranvía que encuentre al paso y recorrer las calles, como el anciano Víctor Hugo las recorría, sentado en la imperial de un ómnibus. El movimiento disipa un tanto cuanto la tristeza, y para el observador, nada hay más peregrino ni más curioso que la serie de cuadros vivos que pueden examinarse en un tranvía. A cada paso el vagón se detiene, y abriéndose camino entre los pasajeros que se amontonan y se apiñan, pasa un paraguas chorreando a Dios dar, y detrás del paraguas la figura ridícula de algún asendereado cobrador, calado hasta los huesos. Los pasajeros se ondulan y se dividen en dos grupos compactos, para dejar paso expedito al recién llegado.

Así se dividieron las aguas del Mar Rojo para que los israelitas lo atravesaran a pie enjuto.[2] El paraguas escurre sobre el

---

[1] Otro de los cuentos más conocidos de Gutiérrez Nájera. Se publicó por lo menos cuatro veces en periódicos: en *La Libertad* del 20 de agosto de 1882, con el título de *Crónicas color de lluvia* y firmado "El Duque Job"; en *El Correo de las Señoras* el 17 de julio de 1887, *La novela del tranvía* y "Manuel Gutiérrez Nájera"; en *El Pabellón Nacional* del 13 de noviembre de 1887, *La novela del tranvía* y "Manuel Gutiérrez Nájera"; y en *El Partido Liberal* del 30 de septiembre de 1888, *Humoradas dominicales* y "El Duque Job". Se incluyó en *Cuentos frágiles*, 1883, en *Obras*, 1898, y en otras varias recopilaciones.

Con dos o tres excepciones, no hay variantes dignas de mención entre las distintas versiones. En *La Libertad* de 1882 el autor dice jocosamente que "las señoritas muy lindas", que viven en los barrios "más allá de la peluquería de Micoló", "leen *La Libertad*". Dice además, en el mismo pasaje: "El único indicio de barbarie que encontré en esos barrios, fue un ejemplar de cierto periódico". Se refería al parecer a algún periódico rival de *La Libertad*. Estas frases no ocurren en otras versiones.

La versión de *El Partido Liberal*, de 1888, se diferencia de todas las demás en que omite dos pasajes bastante largos. El primero de éstos se extiende desde "¡Si yo me casara con alguna de ellas!" hacia el fin de la tercera página de nuestra versión, hasta "¡Pobre hombre! ¿Por qué...", en la página siguiente. El segundo incluye los dos párrafos, casi al final del cuento, que empiezan "Y todo eso será obra tuya" y terminan "se acaban en el infierno".

A pesar de que la versión de 1888 es la última que vio el autor, preferimos no usarla para no omitir los dos pasajes referidos. Publicamos la versión de 1887.

[2] Éxodo 14, versículos 21 y 22.

entarimado del vagón, que, a poco, se convierte en un lago navegable. El cobrador sacude su sombrero y un benéfico rocío baña la cara de los circunstantes, como si hubiera atravesado por enmedio del vagón un sacerdote repartiendo bendiciones e hisopazos. Algunos caballeros estornudan. Las señoras de alguna edad levantan su enagua hasta una altura vertiginosa, para que el fango de aquel pantano portátil no las manche. En la calle, la lluvia cae conforme a las eternas reglas del sistema antiguo: de arriba para abajo. Mas en el vagón hay lluvia ascendente y lluvia descendente. Se está, con toda verdad, entre dos aguas.

Yo, sin embargo, paso las horas agradablemente encajonado en esa miniaturesca arca de Noé, sacando la cabeza por el ventanillo, no en espera de la paloma que ha de traer un ramo de oliva en el pico, sino para observar el delicioso cuadro que la ciudad presenta en ese instante. El vagón, además, me lleva a muchos mundos desconocidos y a regiones vírgenes. No, la ciudad de México no empieza en el Palacio Nacional, ni acaba en la calzada de la Reforma. Yo doy a Uds. mi palabra de que la ciudad es mucho mayor. Es una gran tortuga que extiende hacia los cuatro puntos cardinales sus patas dislocadas. Esas patas son sucias y velludas. Los ayuntamientos, con paternal solicitud, cuidan de pintarlas con lodo, mensualmente.

Más allá de la peluquería de Micoló, hay un pueblo que habita barrios extravagantes, cuyos nombres son esencialmente antiaperitivos. Hay hombres muy honrados que viven en la plazuela del Tequesquite y señoras de invencible virtud cuya casa está situada en el callejón de Salsipuedes. No es verdad que los indios bárbaros estén acampados en esas calles exóticas, ni es tampoco cierto que los pieles rojas hagan frecuentes excursiones a la plazuela de Regina. La mano providente de la policía ha colocado un gendarme en cada esquina. Las casas de esos barrios no están hechas de lodo ni tapizadas por dentro de pieles sin curtir. En ellas viven muy discretos caballeros y señoras muy respetables y señoritas muy lindas. Estas señoritas suelen tener novios, como las que tienen balcón y cara a la calle, en el centro de la ciudad.

Después de examinar ligeramente las torcidas líneas y la cadena de montañas del nuevo mundo por que atravesaba, volví los ojos al interior del vagón. Un viejo de levita color de almendra meditaba apoyado en el puño de su paraguas. No se había rasu-

rado. La barba le crecía "cual ponzoñosa hierba entre arenales". Probablemente no tenía en su casa navajas de afeitar... ni una peseta. Su levita necesitaba aceite de bellotas. Sin embargo, la calvicie de aquella prenda respetable no era prematura, a menos que admitamos la teoría de aquel joven poeta, autor de ciertos versos cuya dedicatoria es como sigue:

> A la prematura muerte de mi abuelita,
> a la edad de 90 años.

La levita de mi vecino era muy mayor. En cuanto al paraguas, vale más que no entremos en dibujos. Ese paraguas, expuesto a la intemperie, debía semejarse mucho a las banderas que los independientes sacan a luz el 15 de septiembre. Era un paraguas calado, un paraguas metafísico, propio para mojarse con decencia. Abierto el paraguas, se veía el cielo por todas partes.

¿Quién sería mi vecino? De seguro era casado, y con hijas. ¿Serían bonitas? La existencia de esas desventuradas criaturas me parecía indisputable. Bastaba ver aquella levita calva, por donde habían pasado las cerdas de un cepillo, y aquel hermoso pantalón con su coqueto remiendo en la rodilla, para convencerse de que aquel hombre tenía hijas. Nada más las mujeres, y las mujeres de quince años, saben cepillar de esa manera. Las señoras casadas ya no se cuidan, cuando están en la desgracia, de esas delicadezas y finuras. Incuestionablemente, ese caballero tenía hijas. ¡Pobrecitas! Probablemente le esperaban en la ventana, más enamoradas que nunca, porque no habían almorzado todavía. Yo saqué mi reloj, y dije para mis adentros:

—Son las cuatro de la tarde. ¡Pobrecillas! ¡Va a darles un vahído! Tengo la certidumbre de que son bonitas. El papá es blanco, y si estuviera rasurado no sería tan feote. Además, han de ser buenas muchachas. Este señor tiene toda la facha de un buen hombre. Me da pena que esas chiquillas tengan hambre. No había en la casa nada que empeñar. ¡Como los alquileres han subido tanto! ¡Tal vez no tuvieron con qué pagar la casa y el propietario les embargó los muebles! ¡Mala alma! ¡Si estos propietarios son peores que Caín!

Nada; no hay para qué darle más vueltas al asunto: la gente pobre decente es la peor traída y la peor llevada. Estas niñas son de buena familia. No están acostumbradas a pedir. Cosen ajeno; pero las máquinas han arruinado a las infelices costureras y lo único que consiguen, a costa de faenas y trabajos, es ropa de munición. Pasan el día echando los pulmones por la boca. Y luego, como se alimentan mal y tienen muchas penas, andan algo enfermitas, y el doctor asegura que, si Dios no lo remedia, se van a la caída de la hoja. Necesitan carne, vino, píldoras de fierro y aceite de bacalao. Pero, ¿con qué se compra todo esto? El buen señor se quedó cesante desde que cayó el Imperio, y el único hijo que habría podido ser su apoyo, tiene rotas las dos piernas. No hay trabajo, todo está muy caro y los amigos llegan a cansarse de ayudar al desvalido. ¡Si las niñas se casaran!... Probablemente no carecerán de admiradores. Pero como las pobrecitas son muy decentes y nacieron en buenos pañales, no pueden prendarse de los ganapanes ni de los pollos de plazuela. Están enamoradas sin saber de quién, y aguardan la venida del Mesías. ¡Si yo me casara con alguna de ellas!... ¿Por qué no? Después de todo, en esa clase suelen encontrarse las mujeres que dan la felicidad. Respecto a las otras, ya sé bien a qué atenerme.

¡Me han costado tantos disgustos! Nada; lo mejor es buscar una de esas chiquillas pobres y decentes, que no están acostumbradas a tener palco en el teatro, ni carruajes, ni cuenta abierta en la Sorpresa. Si es joven, yo la educaré a mi gusto. Le pondré un maestro de piano. ¿Qué cosa es la felicidad? Un poquito de salud y un poquito de dinero. Con lo que yo gano, podemos mantenernos ella y yo, y hasta el angelito que Dios nos mande. Nos amaremos mucho, y como la voy a sujetar a un régimen higiénico se pondrá en poco tiempo más fresca que una rosa. Por la mañana un paseo a pie en el Bosque. Iremos en un coche de a cuatro reales hora, o en los trenes. Después, en la comida, mucha carne, mucho vino y mucho fierro. Con eso y con tener una casita por San Cosme; con que ella se vista de blanco, de azul o de color de rosa; con el piano, los libros, las macetas y los pájaros, ya no tendré nada que desear.

> Una heredad en el bosque:
> Una casa en la heredad;
> En la casa, pan y amor...
> ¡Jesús, qué felicidad!

Además, ya es preciso que me case. Esta situación no puede prolongarse, como dice el gran duque en la *Guerra Santa*. Aquí tengo una trenza de pelo que me ha costado cuatrocientos setenta y cuatro pesos, con un pico de centavos. Yo no sé de dónde los he sacado: el hecho es que los tuve y no los tengo. Nada; me caso decididamente con una de las hijas de este buen señor. Así las saco de penas y me pongo en orden. ¿Con cuál me caso? ¿con la rubia? ¿con la morena? Será mejor con la rubia... digo, no, con la morena. En fin, ya veremos. ¡Pobrecillas! ¿Tendrán hambre?

En esto, el buen señor se apea del coche y se va. Si no lloviera tanto —continué diciendo en mis adentros— le seguía. La verdad es que mi suegro, visto a cierta distancia, tiene una facha muy ridícula. ¿Qué diría, si me viera de bracero con él, la señora de Z? Su sombrero alto parece espejo. ¡Pobre hombre! ¿Por qué no le inspiraría confianza? Si me hubiera pedido algo, yo le habría dado con mucho gusto estos tres duros. Es persona decente. ¿Habrán comido esas chiquillas?

En el asiento que antes ocupaba el cesante, descansa ahora una matrona de treinta años. No tiene malos ojos; sus labios son gruesos y encarnados: parece que los acaban de morder. Hay en todo su cuerpo bastantes redondeces y ningún ángulo agudo. Tiene la frente chica, lo cual me agrada porque es indicio de tontera; el pelo negro, la tez morena y todo lo demás bastante presentable. ¿Quién será? Ya la he visto en el mismo lugar y a la misma hora dos... cuatro... cinco... siete veces. Siempre baja del vagón en la plazuela de Loreto y entra a la iglesia. Sin embargo, no tiene cara de mujer devota. No lleva libro ni rosario. Además, cuando llueve a cántaros, como está lloviendo ahora, nadie va a novenarios ni sermones. Estoy seguro de que esa dama lee más las novelas de Gustavo Droz[3] que el *Menosprecio del mundo* del padre Kempis.[4] Tiene una mirada qu si hablara, sería un grito pidiendo bomberos. Viene cubierta con un velo negro. De esa manera libra su rostro de la lluvia. Hace bien. Si el agua cae en sus mejillas, se evapora, chirriando, como si hubiera caído sobre un hierro candente. Esa mujer es como las papas: no se fíen Uds., aunque las vean tan frescas en el agua: queman la lengua.

La señora de treinta años no va indudablemente al novenario. ¿A dónde va? Con un tiempo como este nadie sale de su

[3] Gustavo Droz (1832-1895) escritor francés, autor de *Monsieur, Madame et Bebé, le Cahier de Mlle. Cibot* y otras novelas de una moralidad un poco empalagosa.
[4] Tomás de Kempis (1379-1471), autor alemán de obras religiosas.

casa, si no es por una grave urgencia. ¿Estará enferma la mamá de esta señora? En mi opinión, esta hipótesis es falsa. La señora de treinta años no tiene madre. La iglesia de Loreto no es una casa particular ni un hospital. Allí no viven ni los sacristanes Tenemos, pues, que recurrir a otras hipótesis. Es un hecho constante, confirmado por la experiencia, que a la puerta del templo, siempre que la señora baja del vagón, espera un coche. Si el coche fuera de ella, vendría en él desde su casa. Esto no tiene vuelta de hoja. Pertenece, por consiguiente, a otra persona. Ahora bien; ¿hay acaso alguna sociedad de seguros contra la lluvia o cosa parecida, cuyos miembros paguen coche a la puerta de todas las iglesias, para que los feligreses no se mojen? Claro es que no. La única explicación de estos viajes en tranvía y de estos rezos, a hora inusitada, es la existencia de un amante. ¿Quién será el marido?

Debe de ser un hombre acaudalado. La señora viste bien, y si no sale en carruaje para este género de entrevistas, es por no dar en qué decir. Sin embargo, yo no me atrevería a prestarle cincuenta pesos bajo su palabra. Bien puede ser que gaste más de lo que tenga, o que sea como cierto amigo mío, personaje muy quieto y muy tranquilo, que me decía hace pocas noches:

—Mi mujer tiene al juego una fortuna prodigiosa. Cada mes saca de la lotería quinientos pesos. ¡Fijo!

Yo quise referirle alguna anécdota, atribuida a un administrador muy conocido de cierta aduana marítima. Al encargarse de ella dijo a los empleados:

—Señores, aquí se prohibe jugar a la lotería. El primero que se la saque lo echo a puntapiés.

¿Ganará esta señora a la lotería? Si su marido es pobre, debe haberle dicho que esos pendientes que ahora lleva son falsos. El pobre señor no será joyero. En materia de alhajas sólo conocerá a su mujer que es una buena alhaja. Por consiguiente, la habrá creído. ¡Desgraciado! ¡qué tranquilo estará en su casa! ¿Será viejo? Yo debo conocerle... ¡Ah!... ¡sí!... ¡es aquél! No, no puede ser; la esposa de ese caballero murió cuando el último cólera. ¡Es el otro! ¡Tampoco! Pero ¿a mí, qué me importa quién sea?

¿La seguiré? Siempre conviene conocer un secreto de una mujer. Veremos, si es posible, al incógnito amante. ¿Tendrá hijos esta mujer? Parece que sí. ¡Infame! Mañana se avergonzarán de ella. Tal vez alguno la niegue. Ése será un crimen; pero un crimen justo. Bien está; que mancille, que pise, que escupa la honra de ese desgraciado que probablemente la adora.

Es una traición; es una villanía. Pero, al fin, ese hombre puede matarla sin que nadie le culpe ni le condene. Puede mandar a sus criados que la arrojen a latigazos y puede hacer pedazos al amante. Pero sus hijos ¡pobres seres indefensos, nada pueden! La madre los abandona para ir a traerles su porción de vergüenza y deshonra. Los vende por un puñado de placeres, como Judas a Cristo por un puñado de monedas. Ahora duermen, sonríen, todo lo ignoran; están abandonados a manos mercenarias; van empezando a desamorarse de la madre, que no los ve, ni los educa, ni los mima. Mañana, esos chicuelos serán hombres, y esas niñas, mujeres. Ellos sabrán que su madre fue una aventurera, y sentirán vergüenza. Ellas querrán amar y ser amadas; pero los hombres, que creen en la tradición del pecado y en el heredismo, las buscarán para perderlas y no querrán darles su nombre, por miedo de que no lo prostituyan y lo afrenten.

Y todo eso será obra tuya. Estoy tentado de ir en busca de tu esposo y traerle a este sitio. Ya adivino cómo es la alcoba en que te aguarda. Pequeña, cubierta toda de tapices, con cuatro grandes jarras de alabastro sosteniendo ricas plantas exóticas. Antes había dos grandes lunas en los muros; pero tu amante, más delicado que tú, las quitó. Un espejo es un juez y es un testigo. La mujer que recibe a su amante viéndose al espejo, es ya la mujer abofeteada de la calle.

Pues bien; cuando tú estés en esa tibia alcoba y tu amante caliente con sus manos tus plantas entumecidas por la humedad, tu esposo y yo entraremos sigilosamente, y un brusco golpe te echará por tierra, mientras detengo yo la mano de tu cómplice. Hay besos que se empiezan en la tierra y se acaban en el infierno.

Un sudor frío bañaba mi rostro. Afortunadamente habíamos llegado a la plazuela de Loreto, y mi vecina se apeó del vagón. Yo vi su traje; no tenía ninguna mancha de sangre; nada había pasado. Después de todo, ¿qué me importa que esa señora se la pegue a su marido? ¿Es mi amigo acaso? Ella sí que es una real moza. A fuerza de encontrarnos, somos casi amigos. Ya la saludo.

Allí está el coche; entra a la iglesia; ¡qué tranquilo debe estar su marido! Yo sigo en el vagón. ¡Parece que todos vamos tan contentos!

ÍNDICE

Un quid pro quo	7
Mi inglés	13
Al amor de la lumbre	19
Pia di Tolomei	24
Los matrimonios al uso (Cartas de Gustavo Z...)	30
Juan Lanas	36
Después del 5 de Mayo	42
Carta de un suicida	45
El desertor del cementerio	49
Los tres monólogos del marido	56
Historia de una corista	61
La familia Estrada	65
El baño de Julia	74
Stora y las medias parisienses	85
Alberto y Luciana	89
Los amores de Pepita	93
Las tres conquistas de Carmen	96
La sospecha infundada	100
Elisa la écuyère	105
La balada de Año Nuevo	112
La primera comunión	117
La hija del aire	123
Don Inocencio Lanas	127
El vago	132
En la calle	135
Una venganza	139
La mañana de San Juan	145
La pasión de Pasionaria	150
Cuento triste	155
La novela del tranvía	158

Este libro se terminó de imprimir y encuadernar en el mes de diciembre de 1996 en Impresora y Encuadernadora Progreso, S. A. de C. V. (IEPSA), Calz. de San Lorenzo, 244; 09830 México, D. F. Se tiraron 2 000 ejemplares.